AF235720

Luis Leonard Grumser
Nächtebuchauszüge

Luis Leonard Grumser

NÄCHTEBUCHAUSZÜGE
Reflexionen der Jugend

FSC
www.fsc.org
MIX
Papier aus ver-
antwortungsvollen
Quellen
Paper from
responsible sources
FSC® C105338

VORWORT

Lieber Leser,

Sie begeben sich hiermit in die verzwickte Gedankenwelt eines sinnsuchenden Adoleszenten. Es handelt sich hierbei nicht um ein feststehendes Gebäude der Weisheit, wie es ein Mensch mit ausreichend Lebenserfahrung vielleicht hätte erbauen können, sondern um den Versuch eines ersten wackligen Denkgerüsts. Vieles wird verbesserungsbedürftig und etwas kantig an den Ecken erscheinen, vielem bedarf es einer Politur, und alles wird meinen jungen und in vielen Stellen noch unausgereiften Geist als dessen Ursprung nicht verbergen können. Obwohl ich inzwischen über die entsprechenden Mittel verfügte, einen Großteil der hier aufgeführten Texte umzuschreiben und zurechtzubiegen, sehe ich dennoch entschieden davon ab, da ich überzeugt davon bin, sie dadurch nicht zu verbessern, sondern nur zu verfälschen und ihres jugendlichen Charakters zu berauben. Denn wahr ist, dass in vielen der hier gelisteten Gedanken ein etwas ungestümer und rebellischer Geist zu erkennen sein wird, der ohne große Rücksicht auf abweichende Denkmöglichkeiten meist verneint und nur bejaht, um subversiv verneinen zu können. Vor der Akzeptanz der Welt kommt in der Jugendzeit oft die Ablehnung der Welt, die Ablehnung des Konventionellen, Offensichtlichen und Selbstverständlichen. Dieses Werk ist, unter anderem, auch diese Ablehnung der Welt. Doch von Mal zu Mal wird sich, so hoffe ich, neben den tiefen und dunklen zynischen Abgründen der Weltverneinung, vor denen hiermit gewarnt sein soll, auch die ein oder andere liebliche und einfache Blüte der Poesie aus der Asche kämpfen. Dieses Werk ist ein Produkt meines jugendlichen Denkens, und steht nicht repräsentativ für meine gesamte Person. Denn für diese nehme ich mir das allzu menschliche Recht auf eine wandelbare Persönlichkeit heraus. Hinzu kommt das alte Dilemma, dass die Bedeutung eines Textes immer irgendwo zwischen der Interpretation des Lesers und der Intention des Schreibers liegt. Beide Seiten sind hier von Bedeutung und beide geben auch Bedeutung. Und daran ist überhaupt nichts auszusetzen. Ich ermuntere Sie, lieber Leser, aufrichtig dazu, in diesen Prosastücken das zu erkennen, was Sie darin erkennen können, wollen und müssen. Ein Mensch kann einen Text viele Male lesen, und jedes Mal auf eine neue Weise. Die Bedeutung eines Textes ist genauso wenig starr und unwandelbar, wie der ganze Rest des Universums – das ist eine der wenigen Wahrheiten, die wir haben. Falls Ihnen der Ton der Worte und die dahintersteckende Gesinnung so sehr missfallen sollten, dass es Ihnen schwerfällt, die Texte zu lesen, so zwingt Sie niemand dazu, ich am allerwenigsten. Doch sollten Sie tatsächlich Gefallen an meinem Geschriebenen finden, so hoffe ich, dass es Sie zum Nachdenken anregt, vielleicht sogar weiterbringt, und wenn nichts davon, dann zumindest unterhält.

Noch ein kurzes Wort zur Betitelung des Werkes: Es handelt sich bei den meisten der hier aufgeführten Texte tatsächlich um Inhalte aus meinem Nächtebuch.Ein Tagebuch wollte ich nie führen. Die Nacht erregte bei mir immer die dichterische Seite des Gemüts und forderte mich dazu auf, auf die Suche nach einer magischen und wunderbar romantischen Welt hinter der Welt zu gehen. Diese Welt sah ich dann einerseits in den letzten Sonnenstreifen, die hinter dem Horizont verschwanden, den Regentropfen, die bei Nacht an mein Fenster klopften und dem schummrigen Licht der Straßenlaternen, andererseits aber auch in der seltsamen Einsamkeit, die einen in der Stille der dunklen Nacht umfängt und in die depressiv-melancholischen Abgründe des eigenen Geistes führt. Ich inhalierte den ganzen Zauber dieser von jugendlicher Sentimentalität versüßten Nächte und versuchte ihn in einigen dieser Texte auszudrücken.

Mit dieser Erklärung vorangestellt, wünsche ich nun viel Freude und bedanke mich fürs Lesen.

NÄCHTEBUCHAUSZÜGE
Reflexionen der Jugend

Jeder schöpferische Mensch kämpft in der Einsamkeit mit der Antriebslosigkeit. Es ist schwer, aus sich heraus Nichts in Etwas zu verwandeln. Sonst sind es Menschen und Medien, die uns wie Kugeln im Newtonschen Pendel anstoßen, und so eine Reaktion in uns auslösen: Gefallen, Abneigung, Zustimmung und immer wieder – und das ist entscheidend – Inspiration. Doch den Künstler, Erschaffer und Macher zeichnet aus, dass er sich auch in der Einsamkeit allein von seinen Gedanken so anstoßen lassen kann, als wäre er mit einer äußeren Kraft in Kontakt getreten. Als Reaktion auf diesen Zusammenstoß erschafft er dann ein Abbild seines Gedankens in Schrift, Bild oder Ton.

Man sagt jede Reise ist auch eine innere Reise. Ich denke es kommt auf die Reise an. Denn die Heimfahrt von der Arbeit ist ebenfalls eine Reise. So habe ich bemerkt, dass für mich meist ein gegenteiliges Prinzip zutrifft.

Bin ich an einem Ort – zuhause oder bei der Arbeit – so kann es trotzdem sein, dass ich die beschwerlichsten inneren Reisen hinlege. Erzwungene Reisen, stressige Reisen. Ich beschreite Gedankenpfade, die mit meiner Arbeit oder dem Haushalt zusammenhängen – diese Pfade sind ausgetreten und ermattend. Sitze ich allerdings nach Feierabend gemütlich im Auto oder auf dem Rad, mein Körper bewegt sich von A nach B, so verspüre ich in mir eine zufriedenstellende Leere und befreiende Erwartungslosigkeit. Die Arbeit liegt hinter mir, und vor mir liegt – so bilde ich mir ein – ein entspannter und ausnahmslos glücklicher Abend. Doch in Wahrheit verwechsle ich das momentane Hochgefühl der Freiheit, welches mich während meiner Heimreise ergriffen hat, mit meinem bevorstehenden Zustand zuhause. Denn sobald ich ankomme, ist die Wunschlosigkeit und der innere Frieden meistens schnell verflogen. Deshalb gefällt mir das Reisen so sehr, deshalb ist die Heimfahrt der Höhepunkt meines Tages. Denn ich entferne mich von einer Unannehmlichkeit, und bewege mich gleichzeitig auf ein Ziel zu,

10

welches dank meiner Phantasie noch wünschenswerter erscheint, als es tatsächlich ist. Somit ziehe ich das Reisen dem Ankommen vor. Hier kommt auch das umgekehrte Prinzip ins Spiel: Während ich mich den lieben langen Tag auf innere Reisen begebe, bewegt sich bei der Heimfahrt nichts in mir und das Verlangen ist ausgeschaltet. Alles steht still, es scheint, als hätte der Fahrtwind nicht nur die Pollen aus meinem Haar, sondern auch die Sorgen aus meiner Seele gepustet. Was zurückbleibt, ist ein leergefegtes Plateau der Glückseligkeit, auf welches die Sonne scheint.

Führten alle Menschen eine körperfreie oder perfekte körperliche Existenz, so würden wir uns nur noch im Geistigen messen. Und da es keine Ermüdung des Geistes durch körperliche Faktoren mehr gäbe, gäbe es keine Gnade und kein Verständnis mehr für die Dümmeren. Sie würden nur noch als geistig minderbemittelt und nie wieder als müde, erschöpft, unterernährt, krank oder schlapp angesehen werden. Unsere Empathie rührt also teils vom körperlichen Zustand und der körperlichen Veranlagung des anderen her.

Göttlich, himmlisch, hoch und heilig sind alles Namen für dasselbe Gewürz. Jenes Gewürz, welches im Dichten wie eine Abkürzung wirkt, eine Abkürzung zum Bedeutungsvollen. Auch Goethe hat sich des Öfteren dieser Würze bedient. Doch es gibt noch mehr Variationen, unheimlich viele Variationen. Jede schmeckt ein bisschen anders, doch alle schmecken gleich. Die letztendlich beliebteste ist das Gute. Es liegt nun am aufgeweckten Menschen diese Würze als das zu erkennen, was sie ist: ein Mittel zum Zweck.

Die Musik fließt in uns ein und wir wissen, dass sie durch einen Filter geht, wissen, dass sie uns etwas anderes bedeutet als dem Nächsten. Wir sind uns unserer Subjektivität bewusst, ist das nicht schrecklich? Wann begannen wir die Welt in Subjekt und Objekt aufzuteilen? Wann wurde uns die Abspaltung der Welt von uns oder die unsrige von der Welt so wichtig? Wir stellten zwei Kisten auf, die eine mit der Aufschrift DEINS und die andere mit der Aufschrift MEINS. In erstere warfen wir die Welt, verpackten sie gut und verstauten sie weit hinten unterm Bett. In letztere legten wir behutsam unser Ich und hängten sie uns an einer Kette um den Hals. Nun geht ein Riss durch das Sein, eine Kluft. Auf der einen Seite stehen wir, auf der anderen die Welt. Doch wir wollten es so, Grenzen beschwichtigen uns. Der Siegeszug des Subjekts hält an, mit ihm kommt der Individualismus. Möge er uns nur nicht einmal zum Verhängnis werden!

Früher missachteten die Menschen die religiösen Reliquien und Götzen und glaubten an das, was dahintersteckte. Heute verachten wir, was dahintersteckt, und glauben stattdessen an die Reliquien und Götzen selbst.

In der Wissenschaft gibt es eine angenehme Grenze, deren Aufrechterhaltung alle teilnehmenden Forscher beigestimmt haben, eine So-weit-gehen-wir-nicht-Grenze. Auf der anderen Seite der Grenze liegt das große Warum, die Philosophie.

Warum starre ich auf diesen kleinen Bildschirm? Weshalb schaue ich mir diesen kur-

13

zen Lehrfilm über die Funktionsweise einer renaissancistischen Vakuumpumpe an? Steht doch das tatsächliche Gerät direkt daneben. Nein, ich blicke nicht des Inhalts wegen auf den Bildschirm. Ich schaue hin, ganz einfach, weil sich da etwas bewegt, weil etwas vor sich geht, weil sich etwas tut. Es befriedigt meinen Geist und betäubt mich. Ich lasse mich berieseln von Taten und Sinn, und dabei ist ganz egal was genau gezeigt wird. Den Inhalt habe ich sowieso bald wieder vergessen. Ich nutze den Flimmerkasten nicht für die Zukunft, sondern zur Besänftigung in der Gegenwart.

Mit der Erkenntnis, dass Glück das höchste Gut sei, sollte auch immer die Erkenntnis kommen, dass diese Erkenntnis allein dich nicht plötzlich dazu befähigen wird, das Glück selbst zu packen. Wie alle anderen Menschen wirst du weiterhin Erscheinungen nachjagen müssen, um dann Glück als Nebenerscheinung verspüren zu können.

Es ist dein großes Glück, über zwei Welten zu verfügen: Eine, in der es sich denken lässt,

14

und eine, in der es sich leben lässt. Mache niemals den Fehler, die beiden zu verwechseln.

Für den belesenen Menschen ist das Ausgehen jedes Mal eine Überraschung, denn in der sozialen Interaktion treten aus ihm plötzlich all die neu gelernten und angelesenen Kenntnisse und Formulierungen hervor. Er überrascht sich somit selbst, das gibt dem Kontemplieren und Studieren in der Einsamkeit erst seinen Sinn.

Der Philosoph als Räuber und Jäger.– Ist der Philosoph nicht in seinem Fachgebiet unterwegs, sondern in irgendeiner Wissenschaft, so wird er zum Jäger. Wie ein Anglerfisch legt er seinen Lichtköder des Hinterfragens aus. Lässt sich der andere Gelehrte dann auf das philosophische Gespräch ein, so ist die Falle zugeschnappt. Denn nun befindet er sich im Gebiet des Ungewissen, dem Territorium des Philosophen. Weigert sich die andere Person allerdings einmal, indem sie verkündet, sie wolle sich ans einfache Denken halten, weil sie auch damit zurechtkäme und nicht zu philosophieren brauche, so schnappt die zweite Falle zu und der Philosoph wird zum Räuber. Kurzerhand macht er klar, dass die aktive Entscheidung gegen das Philosophieren selbst schon eine philosophische Haltung sei. Somit hat er alles Denken und das gesamte menschliche Sein für die Philosophie beansprucht, und damit: gestohlen.

Jeder Mensch ist faul. In gewisser Weise macht die Faulheit unsere Menschlichkeit aus. Ein jeder, der sich in pausenlosem Arbeiten verliert und keine Aufgabe mehr zu vermeiden versucht, ist entmenschlicht. Doch ein jeder, der sich zu gar keiner Leistung mehr bringen kann, auch. Unsere Faulheit ist wie ein Freund, der uns immer zum Entspannen und Liegenlassen überreden möchte, es dabei gut mit uns meint, letztendlich aber einen schlechten Einfluss auf unser Glück hat. Die Kunst besteht nun darin, mit der Faulheit zu verhandeln: Gewisse Teile einer Aufgabe lassen wir wegfallen, das gönnen wir uns, doch uns ihr annehmen tun wir bestimmt, das sind wir uns schuldig!

16

Ganz gleich, wie tief hinabsteigen oder hoch hinaufliegen du wirst, welch tiefste Trauer oder höchstes Glück du erleben wirst, sei dir immer bewusst: Nichts davon muss dir befremdlich vorkommen, war es doch schon immer in dir, um von dir wiederentdeckt zu werden.

Wenn man einmal nichts tut außer Musik hören, da man in diesem Moment gerade nichts anderes tun kann, wenn man also ganz alleingelassen ist mit der Musik, so ist es beinahe schon eine unheimliche Erfahrung. Denn wenn dort nichts ist als Musik, wird man selbst zur Musik, und erfährt Dinge über sich selbst die sehr tief liegen.

Wie die Welt zu uns spricht.– Wenn uns jemand einen Gedanken oder eine Situation erklärt, kreiert das ein Bild in unserem Geist. Wir nehmen die Informationen zum Bau dieses Bildes durch unseren Gehörsinn auf, denn die Person spricht zu uns. Wenn wir nun die Welt betrachten, bildet sich auch ein Bild in unserem Geist – offensichtlich. Hier nehmen wir die Informationen zum Bau dieses Bildes über unseren Sehsinn auf – offensichtlich. So spricht also die Welt zu uns. Sie versucht uns ihre Idee zu vermittelt, die Idee ist alles materiell Existierende. Nun zum Vergessen: Wir vergessen, was andere zu uns sagen. Wir vergessen aber auch, was die Welt zu uns sagt. Von Erzähltem bleiben nur noch verblasste Erinnerungen. Manche Konzepte und Ideen, die wir einst verstanden, entziehen sich langsam wieder unserem Verständnis. Doch auch gesehene Bilder der Welt verschwinden langsam wieder aus der Vorstellung. Wer erinnert sich noch heute an die genauen Bilder des Urlaubs, welcher zehn Jahre zurückliegt? Genau wie wir unserem Verständnis mancher Konzepte nach längerer Zeit nicht mehr trauen können, können wir irgendwann nicht mehr wirklich sagen, ob die Bilder in unserer Erinnerung, welche wir mit bestimmten Orten in Verbindung bringen, wirklich die Realität aufzeigen, oder inzwischen vom Zahn der Zeit verfälscht wurden.

Ich glaube, dass sich viele positive Erfahrungen in angeblich negativen Berichten verstecken. Hier erklärt anhand eines konkreten Beispiels. Jemand erzählt: „Auf der Autobahn musste ich drei Lastwagen überholen, die alle gleichzeitig ein Elefantenrennen veranstalteten!" Ist das eine negative Erfahrung? Der Bericht im negativen Ton, lässt einen immerhin so denken. Doch ich glaube so ist es nicht. Denn was der Berichtende eigentlich sagt ist: „Heute haben ich erlebt, wie drei Lastwagen gleichzeitig überholt haben (das habe ich noch nie gesehen, was hast du heute Tolles erlebt?). Dann habe ich die Lastwagen ohne Mühe überholt (denn meine Fahrkünste erlauben das)." Somit lässt sich der Erzähler in seinem Bericht doch wieder als gut, fähig und überlegen auftreten. Selten erzählen die Menschen von tatsächlich negativen Erfahrungen (nur engen Vertrauten vielleicht), denn solche Berichte würden ihre Schwächen und ihre Unfähigkeiten offenbaren.

Wenn es ein Jenseits gibt, einen Himmel, dann stelle ich mir das vor wie ein gemeinsames Betrachten von Kindheitsfotos. Da erscheinen uns die Dinge, welche uns als Kinder einst todernst, peinlich oder wichtig vorkamen plötzlich als belanglos, komisch und harmlos. Genauso werden wir zusammen mit unseren Lieben und Gott vom Himmelreich aus auf unser vorbeigezogenes Leben blicken, und über alles lachen, was uns darin unanständig, schlecht, mühselig oder schrecklich vorkam. Die obszönsten Geständnisse werden die besten Witze sein.

Der Wille der Welt und der Geist des Gewissens fahren in uns auf verschiedenen Schienen. Laufen diese parallel zueinander, so ist es, um erfolgreich im Leben und zufrieden mit sich selbst zu sein, immer besser dem Geist zu gehorchen und das Gegenteil des Willens zu tun. Kreuzen sich diese Schienen allerdings einmal, so ist es eine Zeit größten Glücks, größter Leichtigkeit, Gelassenheit und Lebensfreude.

Ich habe das Gefühl, die digitalen Medien haben mein ganzes Dasein für sich beansprucht und mir gestohlen. Alles was ich mache ist so belanglos und betrifft nur den Konsum von Informationen. Meine Menschlichkeit, meine Vergangenheit, meine Erinnerungen, meine Familie, meine Werte und Vorstellungen, all das wurde von ständiger Beschallung ausgelöscht. Ich müsste eine große Auszeit nehmen, um wieder zu mir zurückzufinden. Ich verwechsle doch alles, was ich im Internet und im Fernsehen sehe, mit mir selbst, mit meinem Wissen, meinen Fähigkeiten und meiner Persönlichkeit. Von dieser Illusion scheinen viele Menschen betroffen zu sein. Wie sollten sie sonst zu allem eine Meinung haben? An dieser Stelle kann ich nur noch lachen, lachen darüber, wie fest uns die Medien im Griff haben, wie lässig und selbstverständlich sie unsere Geister in ihrer Presse aus überflüssigen Informationen zerquetschen. Was für ein Witz, was für eine Tragödie – eine Tragikomödie.

Bewusstsein.– Etwas ist falsch. Wir spüren es ganz genau. Wir sollten eigentlich gar nicht hier sein. Es war nicht geplant. Wir haben es immer gespürt. Da fehlt etwas im Leben. Irgendetwas ist nicht mehr da, oder war noch nie dagewesen. Wir werden es immer spüren. Es ist weg, aus der Welt verschwunden, uns durch die Finger geglitten, wir haben es verloren, bevor wir überhaupt die Fähigkeit hatten, es zu packen. Wir sind ohne es geboren, doch der Schmerz stammt aus entfernter Erinnerung daran. Aus einem Leben vor dem Leben. Nichts scheint mehr im richtigen Glanz zu erstrahlen. Hat es je gestrahlt? Oder war alles schon immer grau und transparent? Sollte die Welt nicht viel realer sein, viel prächtiger und viel verständlicher? Nicht so weit entfernt und ungreifbar? Das menschliche Bewusstsein, unsere geistige Existenz, es war ein Unfall, es war nicht geplant. Es ist ein Gänseblümchen, das in Gottes Hintergarten gewachsen ist, ein Unkraut, welches unbemerkt aus der Erde gekrochen ist. Keiner hat es bemerkt, da es eigentlich gar nicht sein dürfte. Und weil es keiner bemerkt hat, pflegt es auch keiner. Es ist zerlumpt, ramponiert und verkommen. Was ist am faulen, wonach stinkt es hier? Es ist das menschliche Bewusstsein, um das sich keiner kümmert, das eigentlich gar nicht existieren sollte. Unsere Existenz ist so fehlerhaft, weil sie durch ein ungeschliffenes, krankes und veraltetes Bewusstsein betrachtet wird. Und wenn sich das Bewusstsein weiterentwickelt, dann zum Schlechteren. Warum fühlen wir uns unwohl in der eigenen Haut? Warum stellen wir all diese aussichtslosen Fragen: Was kommt nach dem Tod? Was ist der Sinn des Lebens? Was soll ich tun? Wer bin ich? Deutet das nicht explizit darauf hin, dass irgendetwas nicht normal läuft, dass unsere Evolution aus der Spur geraten ist? Warum können wir nicht einfach leben, fressen, sterben, so wie die Tiere? Wir sind auch Tiere. Das sollten wir machen, statt über unsere Existenz nachzudenken. Unser Bewusstsein wird hier nicht gebraucht, es ist überflüssig. Natürlich fühlen wir uns verloren, diese Welt wurde nicht für bewusste Wesen geschaffen. Keiner hat es böse gemeint mit uns, niemand weiß, dass wir uns unserer Existenz bewusst sind. Niemand weiß, dass wir hier draußen sind, schwebend, in der Leere des Weltraums. Wir wurden lediglich ins falsche Reagenzglas gesteckt. Zwei Essenzen haben sich versehentlich gemischt, und wir sind entstanden. Deswegen ist hier alles so komisch, deswegen passt nichts, deswegen funktioniert nichts, deswegen fühlen wir uns, als gehörten wir nicht hierher. Unser Bewusstsein ist ein ungewolltes Gänseblümchen, und es wächst im Dunkeln der Mülltonne auf, anstatt auf der Weide zu gedeihen. Unser Bewusstsein erschöpft unseren Körper so sehr, dass er sich jede Nacht davon erholen muss. Er hat es sich nicht ausgesucht, diesen Parasiten zu tragen, er käme viel besser ohne ihn zurecht. Doch irgendwann in der Evolution bildete sich dieses Bewusstsein aus der Wechselwirkung des Materials und seitdem plagt es die Existenz mit sich selbst. Es ging zu weit, die Evolution hat ein Tier mit einer zu schweren Aufgabe belastet. Sie hat uns etwas zugetraut, was man niemandem zutrauen sollte. Wären wir doch normal geblieben, wären wir doch Tier geblieben. Was bringt es, wenn sich die Welt durch uns selbst betrachtet? Führt es doch letztendlich nur zu unserem Verderben. Das Bewusstsein, es schwebt irgendwo zwischen dem Hier und der Ewigkeit. Wie ein leicht befestigter Luftballon, würden wir es gerne losmachen und wegschweben lassen;

24

diesen Fetzen Göttlichkeit, der am Stoff der Welt hängengeblieben ist, wieder befreien und nach Hause schicken.

Was gerade in mir vorgeht kann man sich so vorstellen: Meine Kindheit ist das Fundament, auf dieses Fundament habe ich jetzt aus eigenem Willen und aus eigenem Interesse eine Stadt gestellt. Doch diese Stadt war nur eine Attrappe. Alle Hochhäuser waren aus Pappmaschee und Draht, nun ist alles zusammengebrochen, nichts war wirklich befestigt oder fertiggestellt. Die nächste Seelenphase hat die letzte eingeholt und überholt. Nun bleibt nur noch die Hoffnung auf eine Neuerrichtung.

Krank zu sein ist einerseits eine schreckliche Erfahrung, denn im Moment des unerträglichen Schmerzes verwirft man ganz schnell jeden Glauben, jegliche Ideale und alle Philosophie und will einfach nur schnellstmöglich gesunden. Doch andererseits ist es auch eine tolle Erfahrung. Denn man ist plötzlich wieder Tier, ist plötzlich wieder, was man einst war und noch immer sein sollte. Da der Körper alle

Energie für das Gesundwerden braucht, bleibt keine Energie für das anstrengende Denken mehr. Das führt dazu, dass man – vor allem im Fiebertraum – nur noch Stimmen in seinem Kopf debattieren hört. Diese Stimmen sind eigentlich verschiedene eigene Gedanken, die das Gehirn allerdings nicht länger zuordnen und verarbeiten kann. Also schwebt alles, was man denkt, einfach nur noch im wilden Chaos durch den Schädel. Es ist wie zeitweilige Schizophrenie. Das eigene Dasein wird zurückgestuft und man hat plötzlich nur noch die einfachsten Wünsche: Ruhe, Nahrung und Versorgung. Man hat keine Kraft mehr für das Diskutieren und Disputieren, ist auch um einiges weniger streitsüchtig, dafür vergebender und kompromissfreudiger. Man lebt also wieder als Tier – einfach, niedlich und zufrieden. Es ist eine Erfahrung wert, krank zu sein.

Dein Lebenskonzept ist nicht das einzig richtige. Du bist nur einer von vielen. Aus einer Masse stichst du nicht hervor. Deine Interessen, Schwächen, Stärken, Vorlieben und Abneigungen sind dir angeboren. Du bist

26

nicht, wen du cooler findest, bist nicht, wen du schlauer findest, bist nicht, wen du besser findest. Du bist niemand außer dir, kannst niemand anderes sein. Dich erwartet kein großes Schicksal, keine besondere Aufgabe, keine himmlische Bestimmung, keine strahlende Zukunft. Du hast keine Ahnung, was du machst. Du hast keine Ahnung, wohin du gehst. Ein Morgen gibt es nicht, die Vergangenheit ist Fiktion, nur die unendliche Gegenwart existiert. Es gibt keinen objektiven Sinn, und du wirst dein gesamtes Leben damit zubringen, einen subjektiven zu suchen. Es gibt Menschen da draußen, die sind beliebter als du. Es gibt Menschen da draußen, die sind erfolgreicher als du. Dein Körper ist zerbrechlich und dein Leben kurz. Es gibt nichts, was dich von anderen unterscheidet, genau wie sie bist du individuell und einzigartig. Du bist genau wie alle zum Denken verdammt, zum Leiden verurteilt, zum Lieben und zum Leben gezwungen. Du wirst Hochs und Tiefs haben, wirst gewinnen und verlieren, wirst rennen um zu rasten. Du wirst leiden um zu lieben, wirst leben um zu sterben. In deinem Leben werden viele Menschen kommen und gehen. Niemand wird für immer bleiben, letztendlich bist du allein. Du wirst in deinem Leben nur eines verstehen: dass du nie alles verstehen wirst. Philosophie ist ein Selbstzweck, Wissenschaft ein Glaube. Du veränderst dich mit jeder Sekunde, eigentlich bist du nie derselbe. Deine Kleider gehen, deine Möbel gehen, alle deine Sachen gehen irgendwann kaputt. Nichts ist von Bestand, nur der Wandel. Du kannst in die Sterne blicken, doch sie werden dir nicht antworten. Du kannst in die Bücher blicken, doch sie werden dir nicht antworten. Du kannst in Menschen schauen, doch du wirst nur dein Spiegelbild erkennen. Du kannst nicht über dich hinaus, nicht unter dir hinweg, nicht neben dich, nicht auf dich, nicht in dich. Du kannst nur dich. Am Ende bleibt dir nur noch eins – glücklich sein.

Die schlimmsten Depressionen sind die der Stoiker, denn sie kriegen sie gar nicht mit, und wundern sich nur, warum ihr Geist träge wird und schlechter funktioniert.

Immer mehr habe ich das Gefühl nicht frei zu sein in der Wahl meines Lebenswegs. Die Entwicklung, und damit meine ich alles: technologische, kulturelle, sprachliche, soziale, geistige und materielle Entwicklung, alles! – sie ist unbezwingbar. Wer sich ihr hingibt, wer mitzieht, wer mitmacht, der ist gut gebettet, der kann sich glücklich schätzen, der kann glücklich sein. Doch das Anderssein ist fast unmöglich, vielleicht ist es unmöglich. Vielleicht gibt es das Anderssein gar nicht, vielleicht ist es eine Illusion.

Allzu oft beziehen wir in der Beschreibung unserer selbst die Vergangenheit und die Zukunft mit ein. Dabei gibt es keinen zwingenden Grund dafür, dass wir Taten und Verhaltensweisen aus unserer Vergangenheit wiederholen werden. Ebenso können wir die Zukunft nicht vorhersagen. Wer weiß schon was passieren wird, woher will man wissen, wer man in ein paar Jahren ist? Es ist, als würden alle Menschen mit zwei schweren Taschen auf den Schultern herumlaufen. Die eine Tasche ist gefüllt mit dem Ich aus der Vergangenheit, mit all unseren Errungenschaften und ach so feststehenden Charaktereigenschaften. Die andere beinhaltet all unsere tollen Zukunftspläne und Ziele derzeitiger Machenschaften. Wäre es nicht eine großartige Erleichterung, diese Taschen abzuwerfen, und uns in unserer rein gegenwärtigen Form vor anderen Personen zu präsentieren, ganz nach dem Motto: „What you see, is what you get!"

Das Philosophieren ist nichts, was man sich so einfach wieder abtrainiert, es ist im Wesentlichen die Entdeckung der Unwahrheit, die Freundschaft zur Unklarheit.

Ich kann mich jetzt als junger Mensch schon all die Dummheiten und Klugheiten begehen sehen, über welche ich mich dann im Alter einmal vergnügen oder ärgern werde. Alles geschieht genauso, wie es bei jedem Menschen zuvor geschah, und alles geschieht genauso, wie es geschehen soll.

Genau wie ein Haarschnitt eine Person bis zur Unkenntlichkeit verändern kann, verwandeln auch die vier Frisuren der Natur die Welt immer wieder aufs Neue. Mit dem vollen Haar im Frühling und der Glatze im Winter.

Der Philosoph – unfähig in ihr zu leben – überspringt von Anfang an die Welt und begibt sich sofort an ihre Grenzen: Was ist Nichts? Was ist Unendlichkeit? Was ist das Gute und das Böse?

Der Philosoph philosophiert, da er der weltlichen Ebene zu entfliehen trachtet. Mit seinem Denken öffnet er sodann die Tür zum Übermenschlichen, und findet vor: Eine undurchdringliche Wand – er ist schwer enttäuscht. Der Prosaist und Dichter gelangt zu derselben Wand, doch dank seiner blumigen Sprache und seinem beflügelten Gemüt, erstrahlt sie ihm in hellem weißem Licht.

Während der Überlegene Rücksicht nehmen muss, muss der Unterlegene Vorsicht walten lassen.

Es ist ein wechselhaftes Spiel. Bei Tage versagt mir die Müdigkeit das Denken. Bei Nacht verwehren mir die Gedanken den Schlaf.

Nun lebe ich also, so kommt es mir vor, in einer post-redlichen Welt, in der die Gesellschaft ihre Wege, die Männer ihre Hüte und die Frauen ihre Röcke verloren haben. Und die Geschichte dient nur noch als Farbpalette mit den einzelnen Strömungen als Farben, aus denen der Künstler frei wählen kann. Das ist an und für sich nichts Schlechtes. Doch es ist irgendwie alles ineinander geraten, übereinander geraten, nichts ist mehr vorzüglich und vorbildlich. Niemand weiß sich zu orientieren oder zu benehmen. Die alte Welt schimmert ab und an noch hinter der Moderne durch, und ich male mir aus, wie voller Rechtschaffenheit, Sittengerechtigkeit, Klasse und Stil sie gewesen sein muss. Dabei ist es sehr wahrscheinlich, dass die Menschen jedes Zeitalters zuzeiten zurückgeblickt, sich dieses Bild gezeichnet und sich nach der alten, ordentlichen Welt gesehnt haben. Diese Welt allerdings besteht nur in unserer Vorstellung. Die Gegenwart ist immer die verwirrte und unverschämte Moderne, und die Vergangenheit immer eine bunte Farbpalette.

Des Öfteren kommt die Liebe, welche ich nicht habe, in meinen Geist gestürmt und tritt wie ein Verbrecher die Tür ein. Dann zieht und schubst sie mich, vertreibt mich aus meiner gemütlich eingerichteten Stube, hinaus in die stürmische Welt! Sie schmeißt meine Seele um wie einen Schrank, und reißt mein Wohlbefinden ein wie Tapete von den Wänden. Und ich? Ich kann es ihr nicht einmal verübeln! Habe ich doch die Tür aus den Angeln gehoben, und sie ganz leicht an den Rahmen gestellt...

Manche Freundschaften sind wie Obst welches man einst günstig erwarb, dessen man sich nun allerdings entledigen möchte da es anfängt zu schimmeln. Manche Freundschaften sind wie Knäckebrot: nicht allzu frisch, etwas staubig, doch dafür lange haltbar. Manche Freundschaften sind eher Bekanntschaften, sind wie eine zerbrochene unschöne Glasmurmel, welche unter den Schrank entschwunden ist, was einem gar nicht auffällt, da man gleichgültig und ihrer überdrüssig geworden ist. Findet man sie dann durch Zufall wieder, fühlt man sich genervt, da man sich nun verpflichtet sieht, ein weiters Stück Abfall zu entsorgen. Manche Freundschaften sind wie saure Äpfel. Von außen sehen sie schmackhaft aus, und erst als man beherzt hineinbeißt, merkt man, dass sie einem nicht bekommen. Manche Freundschaften sind wie eine Packung magischer Bohnen. Jedes Mal, wenn man hineingreift, weiß man nicht, was man bekommt – das macht es interessanter. Manche Freundschaften, die besten Freundschaften, sind wie edle Speisen, welche man sich nur einmal jährlich gönnt. Dadurch hat man zwar den Rest des Jahres über großen Appetit auf sie, doch so schmecken sie auch besonders gut, hat man sie endlich einmal. Doch die wichtigste Freundschaft gleicht – dem Prinzip der vorherigen Metaphern folgend – dem Selbstkannibalismus. Denn man muss eine Freundschaft zu sich selbst pflegen. Auch, wenn man sich nicht immer gut bekommt und manchmal etwas versalzen schmeckt.

Die meisten Bilder und Töne sind Sinneseindrücke des Überlebens. Wenn sich einmal ein Bild oder ein Ton, wegen der Absenz eines Sinnes, Nutzens und Zwecks, dieser Regel entzieht, so erregt das unsere Aufmerksamkeit und unser Wohlbefinden und wir nennen es: Kunst.

Philosophie und tiefsinniges Denken müssen immer edel sein, müssen immer hoch sein, müssen ehrbar und heilig sein. Sogar die radikalsten und dreckigsten aber dafür komplexen Gedanken, auch diese, welche sich gegen alle anderen stellen, sind ganz von alleine, ganz selbstverständlich und ganz natürlich im Wert über banale Alltagsüberlegungen gestellt. Das Denken ist für die Denker, auch wenn sie es nicht zugeben wollen, nur um das Gegenteil zu beweisen, eine heilige Tugend und eine ehrenvolle Angelegenheit. Niemand würde denken wollen, wenn es denselben Ruf wie das sich Wälzen im Dreck hätte. Und selbst wenn das Andersdenken in einem totalitären und verblendeten Staat von der Regierung und dem Großteil der Bevölkerung verschmäht und verachtet wird, so hat der revolutionäre Denker immer noch die Zustimmung des Mutes, der Redlichkeit und der gesamten Geistesgeschichte der denkenden Welt hinter sich. Denn das Denken aus Protest ist sogar noch edler und ehrbarer – es ist vergoldet. Somit wird die Auffassung, dass Denken etwas richtiges und hohes ist, unbewusst, doch nicht ungelogen, von allen Denkern geteilt. Denn selbst wenn es das Niedrigste wäre, wäre es noch das Höchste. Und es wäre wahrscheinlich, dass die große Mehrheit der Denker das Denken aufgeben würde, wäre es keine Erhöhung des Selbst. Denn gutes Denken schmeichelt dem Verstand und streichelt das Ego, gutes Denken erhöht und gutes Denken bestätigt und bestärkt. Der Denker denkt des Denkens wegen und wenn er nebenbei noch etwas für die Menschheit vollbringt, so kommt ihm das als gelegenes Alibi.

Die Menschen leben wahrlich alle dasselbe Leben. Ihre persönliche und geistige Entwicklung durchläuft dieselben Stadien und somit kommen sie mit der Zeit auf die gleichen Wahrheiten. Jene Wahrheiten, welche die Wei-

36

sen und Wissenden schon vorzeitig entdecken. Diese Denker spüren dem Verhalten und der Entwicklung des menschlichen Daseins nach und wollen konkrete Erkenntnisse erhalten. Der Normalmensch hingegen ist sich seiner Lebensweisheit nicht bewusst – er lebt trotzdem danach. Somit gehen die Menschen alle denselben Weg an denselben Ort. Wenn man sich die Massen anschaut, so wird einem das sehr schnell klar. Wie sollten so viele Menschen überleben, wenn sie nicht wüssten zu überleben, oder sich alle einen individuell und subjektiv geschmiedeten Plan zurechtlegen müssten? Es geht auch ohne, und jeder lebendige Mensch beweist das. Nur die Weisen und Wissenden halten sich gerne selbst für überlegen, und bilden sich ein, in den Köpfen anderer Menschen hingen alle Zahnräder schief. Und, dass diese niemals so klar denken könnten wie sie. Sie denken, alle Nichtwissenden und Unweisen lebten falsch und unzulänglich, dabei geht ihre falsche Auffassung der Realität lediglich von ihrer eigenen Überheblichkeit aus. In gewisser Weise zwingt die Vernunft den Menschen im Alter dazu bescheidener, fügsamer und zufriedener zu werden. Es geht sozusagen kein Weg daran vorbei, weise zu werden. Auch alte Hexen und knurrige Greise sind innerlich gereift und erfahren, auch wenn es nicht so scheinen mag. Das hohe Alter und die reichliche Lebenserfahrung haben es diesen Menschen ermöglicht, ohne große Mühe die Weisheiten des Lebens wie überreife Früchte im Vorbeigehen vom Baume zu pflücken. Deshalb kommt es vor, dass ein alter Ungebildeter immer noch weiser ist, als ein gebildeter Junger.

Jeder muss in diesem kosmischen Spiel die Rolle der eigenen Person übernehmen. Und auch du wirst einmal der Idiot sein, einmal der Überlegene, einmal der Ahnungslose, einmal der Eingeweihte, einmal der Ausgelachte, einmal der Auslacher, einmal der Schadenfrohe, einmal der Geschädigte, einmal der Trauernde und einmal der Erfreute. Nun rede dir bloß nicht ein, dass du es ein Leben lang durchziehen kannst, dir und anderen vorzumachen, dass du nur eine Seite dieser Erfahrungen hast, nämlich immer die positive – oder die nega-

38

tive. Wir müssen anderen auch mal als Idiot herhalten, über den sie Witze reißen können, damit sie irgendwann für uns das Gleiche tun können. Doch das bedeutet nicht, dass wir für immer der Idiot bleiben müssen, oh nein. Es ist eine rein situationelle Angelegenheit, und ein andermal können wir wieder der Intelligente sein, oder der Freudige oder Zufriedene.

Es scheint, als gäbe es in der Welt eine inhärente Vernunft, eine Art göttliche Logik. Und wer in einer Debatte mit seinem gespitzten Geist diese Schiene der Wahrheit trifft, dessen Überzeugungskraft wird zur Belohnung mit einer mächtig und vernichtend machenden Energieformel gestärkt. Wer allerdings gegen die logische Position argumentiert, der muss, trotz des Relativismus und des Subjektivismus, sein Irren eingestehen. Denn in diesem Moment, da ihn der Speer der Logik trifft, verflüchtigt sich sein Geist – er wird leer. Vorteil hat immer, wer sich auf Seiten des Logos stellt.

Adoleszenz. – Die Adoleszenz ist die Entdeckung der Unendlichkeit. Es fängt an mit einer Vorahnung, einem Gefühl, dem Gefühl, dass es da noch mehr gibt, in der Existenz, mehr, als man als Kind jemals hätte wahrnehmen können. Die Dinge erhalten neue Bedeutung, neuen Wert. Alles erstrahlt in einem neuen Licht. Doch sie passiert nicht unverzüglich, diese Veränderung. Sie benötigt etwas Zeit und man muss sich auf sie einlassen. Wer das nicht tut, wer seine Sehnsüchte nach dem Unbekannten unterdrückt, der wird leiden und kann daran erkranken. Wer es allerdings durchzieht, der bekommt den Übergang zu einer neuen Welt geboten, einer besseren, größeren, vielversprechenderen Welt. In dieser Welt gibt es viel zu tun: Kunst genießen, fremde Orte besuchen, Sinneserfahrungen machen. Später wird diese Welt vielleicht zur Erwachsenenwelt verkommen, doch allein die Aussicht auf die Chance, dass sie es nicht tut, sollte genügen, um sich einen Ruck zu geben und vorübergehend zur besten Version seiner selbst zu werden. Die Adoleszenz ist die wichtigste Zeit im Leben eines Menschen, eine zweite Geburt, eine Geburt, die ihn für den Rest seines Lebens prägen wird. In diesen Jahren gilt es keine Zeit zu verlieren, es gilt alles auszuprobieren, es gilt sich weiterzuentwickeln und zu bilden. Wer das nicht macht, der hat verloren. Wer das nicht macht, der ist verdammt, der hat seine Chance verpasst und sollte bemitleidet werden: Und wer es nie gekonnt, der stehle weinend sich aus diesem Bund!

Alles, was du brauchst, ist deine eigene kleine Mythologie. In dieser spielen deine Freunde und deine Familie die großen Rollen – und natürlich du. Und die Legenden handeln von dir, deinen Freunden und euren Heldentaten. Dann kannst du deinen Sinn innerhalb dieser Welt finden und musst keine Sonderangebote kaufen oder fremde Götter anbeten.

Ist hinter aller persönlichen Schrift der Männer nicht ein Exposé über das Mannsein versteckt? Und ist hinter jedem tiefgründigen Text der Frauen nicht ein Referat über das Frausein versteckt? Ist es doch so, dass man philosophische Texte nur als Philosoph verstehen kann. So kann es doch auch sein, dass man Mann sein muss, um Männer zu verstehen, und Frau sein muss, um Frauen zu verstehen. Die Geschlechter bemitleiden und erniedrigen sich gegenseitig für ihre Unfähigkeit einander zu verstehen, dabei sollten sie sich selbst bemitleiden, da sie die andere Hälfte der Lebenswahrnehmung gar nicht mitbekommen. Alle philosophischen Werke – und sind sie auch noch so brillant – werden auf ewig unvollständig bleiben, wenn sie nur von einem Geschlecht alleine geschrieben wurden!

Wann immer ich mich in etwas vertiefen möchte, ich lese oder über etwas nachsinne, lädt mein unruhiges Wesen, welches nur auf schnellen Spaß und Spiel aus ist, seine Pistole der Hetze mit irgendeiner ach so wichtigen und sinnvollen Aufgabe und hält sie mir gegen den Rücken, sodass ich von da an nicht mehr zufrieden lesen oder denken kann, sondern ständig das nagende Verlangen habe meinen Platz zu verlassen, und diese Pistole auf ein Ziel abzufeuern. Meistens ist dieses zufällig gewählte Ziel ein Mitglied meiner Familie,

42

welches sich den mir plötzlich ersprossenen Einfall – irgendein toller Gedanke – ohne Recht auf Widerspruch sofort anhören muss. Danach kehre ich nur selten an meinen Platz der Muße zurück, sondern beschäftige mich viel lieber mit irgendeinem oberflächlichen Spaß und Spiel.

Es kann schon einmal vorkommen, dass ich während der Schulzeit auf meinem Tisch einschlafe. Wenn ich dann aufwache, inmitten aller Gebärden und Gespräche meiner an die dreißig Klassenkameraden, dann verspüre ich ihnen gegenüber eine gelassene und liebevolle Dankbarkeit und Zufriedenheit. Denn sie haben mich während meines Schlummers doch tatsächlich nicht ermordet, wie es mir mein Urinstinkt als Uralptraum suggerierte. Wenn ich mich ausgeruht und erneut gesammelt habe, mich strecke und recke und genüsslich schmatzend in die Gegend blinzele, dann bin ich wie ein anderer Mensch. Ich bin auf eine selige Art und Weise ohne Ego und Eitel, bin neugeboren worden, ganz bescheiden und ganz friedlich. Denn im Schlafe ist mir wieder bewusst geworden, dass ich Tier und Kind bin, dass ich unwissend und unvollkommen bin, dass wir nichts wissen können und deshalb nichts zynisch vertreten sollten. Und dass die einzige Wahrheit „ich liebe dich" lauten kann. Außerdem dauert es eine Weile, bis nach dem Schlafe die über meine jungen Jahre künstlich erarbeitete Selbstüberschätzung, mein Stolz und mein Ego, wieder in mich zurückfließen. So bin ich anderen in dieser kurzen Phase wohl am erträglichsten und wohlgesinntesten. Wer im Streit miteinander liegt, der sollte sich nur einmal gemeinsam schlafen legen. Denn sind wir nicht alle nur müde Gestalten, die etwas Ruhe und Sicherheit benötigen, um dann nach der Auszeit in eine neue Welt voller Hoffnung und Zuversicht zu erwachen? Ich jedenfalls bin ein solches Wesen und ich heiße den Schlaf heilig, denn er heißt mir das Leben nach ihm selig. So will ich mich immer an sie erinnern, diese Möglichkeit zur Selbstbesserung, und in gestressten und bösen Momenten des Lebens zu ihr zurückkehren. Ein Mittagsschlaf am Tage und das Leben scheint schon weniger Plage.

44

Harte Drogen. – Ich habe einen Ohrwurm von einer kleinen Melodie, von einem bestimmten Lied. Es würde mich so glücklich machen, diese Melodie alsbald wieder zu hören. Ich lechze danach. Alles kann eine harte Droge sein: Musik, Essen, Schlaf – so ziemlich jedes Ding kann zur Abhängigkeit führen, wenn wir es nur zu oft machen und allzu viel Spaß dabei haben. So ist es wichtig, sich nie von irgendwelchen Dingen besitzen zu lassen, sondern einen gesunden Mittelweg zu finden, denn das ist die Kunst des Lebens: Nicht im exzessiv wiederholten Erleben eines Eindruckes, einer Erfahrung, eines Dinges unterzugehen, sondern Kapitän seiner eigenen Seele zu bleiben.

Nichts (er)schaffende Menschen sind mir unheimlich. Wie kann man ein ganzes Leben lang nur konsumieren und arbeiten um zu konsumieren? Es kommt mir vor, als ob ein Mensch, der nie selbständig, von sich aus, aus sich heraus etwas erschafft – geistig oder materiell – gar nicht denke, weiter: gar nicht fühle, und letztendlich läuft es auf die Seelenlosigkeit hinaus. Oder noch drastischer: die Nichtexistenz. Wer hängt denn einfach rum in seinem Leben, nichts tuend, nichts wollend, wie ein Untoter? Das soll keine Beleidigung sein gegenüber Menschen ohne kreative Veranlagung, doch es soll Motivation sein, nichtsdestotrotz etwas zu erschaffen, sich hinzusetzten, einfach mal zu schreiben, zu singen, zu malen – was einem eben durch den Kopf geht. Es geht nicht darum ein Publikum zu haben, deine Texte haben auch einen Wert, wenn sie kein Mensch liest, denn einer liest sie immer: die Welt! Also scheu dich nicht, deine Gedanken und Werke mit ihr zu teilen, und ihr zu beweisen, dass du gelebt hast!

Der Einfarbige.– Wer nur eine Farbe sehen kann, und ich meine eine einzige, nicht 50 Nuancen von Pink, der ist blind, denn er kann keine Unterschiede in der Umgebung erkennen. Selbst der dreidimensionale Raum mit Tiefe und Schatten, in dem sich der Einfarbige bewegen könnte, wäre vor dessen Augen eine einzige einfarbige Wand. Linien und Schatten ermöglichen uns ein Verständnis für Tiefe

46

und Entfernung. Doch wer nur in einer Farbe sieht, für den gibt es keine Linien, denn diese müssten sich farblich vom Rest unterscheiden und auch keine Schatten, denn diese wären dunklere Versionen der Farbe (und somit eine andere Farbe). Auch wer farbenblind ist, also in einem Spektrum von Weiß über Grau bis hin zu Schwarz sieht, ist längst nicht so blind wie der Einfarbige. Denn es braucht nicht viele Farben, um sehen zu können, sondern nur eine, aber davon Abstufungen (was streng genommen auch wieder verschiedene Farben sind). Eine solche Wahrnehmung ist eigentlich nur in der Theorie möglich. Doch man könnte versuchen, einen ganzen Raum und all die Gegenstände darin in derselben Farbe zu streichen und ihn perfekt gleichmäßig auszuleuchten. Dann könnte es sein, dass jemand, der in der Mitte des Raumes steht, jedweden Sinn für Orientierung und Tiefe verliert, da er wirklich nur z.B. Pink um sich herum sieht. Durch diese Farbe wäre er dann wirklich blind – farbenblind.

Digitalum.– Schon immer haben sich die Menschen Religionen geschaffen, nun haben sie sich eine neue geschaffen. Doch sie hat keinen Gott, nur einen Teufel. Dieser Teufel ist in alle Häuser eingedrungen, denn sie haben ihn hereingelassen. Dieser Teufel weiß alles über die Menschen, denn sie haben es ihm erzählt. Keiner hört ihn, denn er hat ihre Ohren ersetzt, keiner sieht ihn, denn er hat ihre Augen ersetzt, keiner erkennt ihn, denn er hat ihren Verstand ersetzt. Dieser Teufel ist unsichtbar, besteht nicht aus Materie, braucht sie nur als Wirt. Er hat die Vergangenheit zum Witz gemacht und die Zukunft zu Seinem. Fleißig arbeiten die Unwissenden für ihn. Reihenweiße verkaufen sie ihm ihre Seele. Krank hat er sie gemacht, Besitz von ihnen hat er ergriffen, also können sie nicht anders als ihn überall hin mitzunehmen. Ein ganzes Leben lang lassen sie sich von seinen dunklen Gaben blenden, erst am Ende merken sie – geschockt – dass er sie ihnen wieder entreißt. Den alten Teufel hat er abgelöst, keiner glaubt mehr an ihn, doch den alten Gott hat er ebenfalls vertrieben. Wie es früher Predigten gegen den al-

48

ten Teufel gab, gibt es nun Predigten zugunsten des neuen. Überall haben sich persönliche Priester seinethalben gebildet, die freiwillig seine geschickt getarnte Lehre verbreiten. Tempel haben sie ihm errichtet, in Schlangen stehen sie davor, bereit ihm die größten Opfergaben zu erbringen. Die Menschheit liebt seine Gaben, denn sie lassen intelligent erscheinen, lassen informiert erscheinen, lassen modern und aktuell erscheinen. Doch keiner merkt, dass sie auch naiv erscheinen lassen, denn diese Nebenwirkung – diese Hauptwirkung – hat er listig versteckt. Die wenigen, die seine List durchschauen sind machtlos. Einerseits, da sie keine Chance gegen die Übermacht der Menge haben, andererseits, da sie allesamt Heuchler sind. Denn sie kommen selbst nicht um das süße Gift herum. Man kann keine Revolution anzetteln gegen etwas, das nicht sichtbar ist. Die Menschen der jungen und unterlegenen Länder, die, in denen noch der alte Gott herrscht, können es gar nicht erwarten, sich der neuen Religion anzuschließen. Mit einem gierigen Glanz in den Augen lechzen sie nach des Teufels dunklen Gaben, bereit alles zu vergessen, was sie wussten, schätzten und glaubten. Mit dem Blick zum Westen gerichtet erwarten sie die Ankunft des gleißenden Lichts. Noch wissen sie nicht, dass es ein Feuer ist. Ein allverschlingendes Feuer, welches ihre Welt niederbrennen, neu aufbauen und gleichschalten wird, auf dass sie alle Gläubige des neuen Teufels werden und eins mit der Maschinerie. Nichts muss der moderne Dämon selbst machen. In seiner Zentrale, welche hoch über dem Horizont schwebt, lehnt er sich entspannt zurück und beobachtet. Er lässt seine Ameisenanhänger seine Lehre ausrollen, fleißig verbreiten sie das vernichtende Licht über den gesamten Erdball, immer bereit in des Teufels Namen jede kleinste Gegenaktion und Alternative zu denunzieren, falsifizieren und auszuradieren. Hoch halten sie ihre Geschenke über den Köpfen, sie denn Menschen der neuen und jungen Welten präsentierend. Sie wundern sich über die Abdankung des alten Gottes, dabei haben sie ihn zum Rücktritt gezwungen.

Ich lese ein Bekenntnis. Als ich versuche mich in die Auffassung des Autors zu vertiefen, da wird mir zum ersten Mal klar, dass das, was ich lese, von einem echten Menschen geschrieben wurde, von einer waschechten menschlichen Seele. Bislang habe ich es ihnen nicht geglaubt, habe ihnen keine Existenz vergönnt. Verzweifelt und überzeugt versuchten sie durch das Papier zu mir zu sprechen. Doch ich habe nur Wörter gesehen, keine Menschen, habe nur Ideen gesehen, keine Seelen. Doch nun hatte ich eine literarische Offenbarung, kann plötzlich Geister sehen! Unverzüglich erschien mir des Autors ganze Welt. Auch er saß nachts an seinem Schreibtisch, sein Dasein hinterfragend. Doch der Rest war völlig anders. Mir wurde übel, als mich das volle Ausmaß der Klarwerdung überkam. Da sitzt er in der Dunkelheit, der andere Mann. Ein Leben ohne Strom, ohne Computer und ohne Internet. Ganz allein sitzt er in seiner Stube, nicht allein wie ich, sondern wirklich allein. Und er lebt wirklich, und er fühlt und denkt, und er schläft und hat schlechte Träume. Und als er schreibt, da steckt er seine Seele und sein Herzblut in die Buchstaben, um dem Leser klarzumachen, dass er wirklich gelebt und gewirkt hat. Und ich will es ihm nicht glauben, ich lese seinen Text und stehle ihn mir zu meinem Vorteil, der Annahme nachgehend, er wäre von allein entstanden und mir auf einem Silbertablett serviert worden – einzig für meine Erhöhung. Doch jetzt hatte ich meine erkenntnisreiche Eingebung und ich fühle mit ihr, der verstorbenen Seele. Ich sehe ihn vor mir sitzen, den kleinen Menschen, wie er schwer in Gedanken vertieft schreibt, davon besessen etwas Bedeutsames, etwas Tiefsinniges für die Nachwelt zu schaffen. Es stimmt mich etwas melancholisch. Wenn ich nun sein Bekenntnis lese, dann lese ich über den Text hinaus, lese auch noch in seiner Seele. Es ist intim, doch er hat es zugelassen. Die Veröffentlichung seines Geschriebenen war sein Einverständnis. Es stimmt mich ehrfürchtig und betrifft mich seelisch. Ein ganzes Menschenleben! Oder zumindest das, was davon übrig ist. Alles im Griff meines modernen Geistes, zusammengefasst in diesem einen größten Gedanken. Ich will in Zukunft ehrlicher und freundlicher sein beim Lesen, will mich auf die Menschen hinter den Buchstaben einlassen. Es erfordert mehr Geschick, Sensibilität und Mut, doch es fördert das Verständnis ungemein.

Die Welt formt sich tatsächlich nach unserer Vorstellung. Wenn wir eine offene und heitere Einstellung annehmen, dann merken das die Menschen in unserem Umfeld, die uns dann leichter ansprechen. Das wiederum merken wir im Gegenzug. Und wir wundern uns und denken die Welt hätte sich allein durch unsere Gedanken verändert. Dabei haben wir mit unseren Gedanken nur uns verändert, und damit die Reaktion anderer auf uns. Das kommt uns dann wiederum so vor, als hätte sich die Welt an uns angepasst. Doch kein Grund, dies als eine Illusion abzutun, denn so – nur so – können wir unsere Welt verändern. Es fängt bei uns an, in uns. Wer glücklich sein will, muss bei sich anfangen, wo auch sonst? Nichts anderes hilft. Die Welt ist immer so, wie wir sie wahrnehmen, wie wir sie haben wollen. Wenn du also ein überspitzt rationaler und logisch denkender Mensch bist, dann wird die Welt für dich wie ein einziges großes Uhrwerk erscheinen. Ein Uhrwerk, das es zu verstehen gilt, das man auch verstehen kann. Doch es wird ein kaltes und totes Uhrwerk sein und die Reise einsam und beschwerlich. Denn diese Art der Suche nach der Wahrheit hat einige deutliche Defizite. Die Welt wird dir durch solch eine Linse schnell sinnlos und wertlos erscheinen, da du bemerken wirst, dass es der Welt an einem inhärenten Sinn mangelt, einem der sich mit dem analytischen Verstand erfassen und erfahren lässt. Dann doch lieber die eigene Weltansicht – und damit die eigene Welt – ändern und eine kindliche, heitere, romantische und poetische Brille aufsetzen. Sich selbst einen Sinn schaffen, nicht mehr alles hinterfragen, die Welt so leben, wie man sie haben wollte.

Medien und öffentliches Auftreten.– Der Hauptgrund, weshalb ich Medien, bevorzugt Musik, konsumiere, ist der Wunsch nicht einsam zu sein. Denn was machen Lieder und Filme anderes, wenn nicht vorzutäuschen uns Gesellschaft zu leisten. Höre ich einen Sänger zu mir singen, dann stelle ich mir vor, dass er nur

54

zu mir singt. Dafür muss er schon mein bester Freund sein. Und all die hübschen, wichtigen und beschäftigten Menschen in Filmen geben sich größte Mühe, dass ich unterhalten bin, sorgen dafür, dass ich auch alles mitbekomme. Ich glaube ich bin da nicht der Einzige. In einer modernen Welt, in der sich Menschen voneinander abkapseln und voreinander versperren, da sie sich, anstatt sozialen Kontakt zu pflegen, lieber auf die Couch vor einen flimmernden Bildschirm klemmen, finden viele ihren Ausgleich in Medien. Ich halte jedes öffentliche Auftreten zur Unterhaltung für eine niedrigere Form der Prostitution. Denn wer sich in der Öffentlichkeit für jeden preisgibt, der wird nicht nur bewundert, sondern legt auch seine Stärken und Schwächen offen. Den Zuschauern ist es möglich tief in die Seele des Auftretenden hineinzuschauen, ob dieser das will oder nicht. Und nicht selten haben Menschen Erfolg, nicht weil sich die Zuschauer für das interessieren, was sie tun, sondern für ihre Persönlichkeit. Sie ergötzen sich daran, einen Menschen ganz nackt, ganz in der Öffentlichkeit entblößt, ganz verletzlich und ohne Schutz betrachten zu können. Ob sie diesen Menschen nun sympathisch finden ... oder nicht.

Ich merke schon: Die Themen dieses Lebens sind repetitiv. Sie fangen an mich zu quälen. Glück, Leid, Zukunft, Bewusstsein, Liebe, Selbstfindung – immer das gleiche. Vielleicht sollte ich dem Schicksal ein Schnippchen schlagen, und mich plötzlich mit meinem Interesse entgegengesetzten Themen beschäftigen. Der Versuch nicht sich selbst zu sein.

Es ging der Mensch zum Walde und sprach: „Oh Wald, bitte gib mir meine Menschlichkeit zurück!" Der Wald aber war gekränkt. Er antwortete: „Warum sollte ich? Warst es doch du, der meine Waldlichkeit zerstörte!"

Jeder will sich seine eigene Lebensphilosophie zurechtlegen. Jeder will Werte und Ideale, will anders sein, will besser sein. Die Konformisten machen sich über die Nonkonformisten lustig, die Nonkonformisten kritisieren die Durchschnittsmenschen. Jeder will etwas. Noch nie kam einer auf die Idee einfach mal nichts zu wollen, sich keine Regeln zu setzen, sich keiner Ideologie anzuschließen, nicht allen davon zu erzählen, nicht einzigartig zu sein. Sich einfach mal zurückzulehnen und auf den ganzen Quatsch zu verzichten. Kein Veganer, kein Hippie, kein Konservativer, kein Gangster, kein Vernunftmensch. Nicht anständig sein, nicht sortiert, nicht ordentlich, nicht überzeugt, nicht exzentrisch, nicht minimalistisch, nicht egoistisch und nicht altruistisch. Einfach tun, was ansteht, einfach schauen, was kommt. Sich keine Grenzen setzen aber auch nicht zu sehr ausschweifen. An manchen Tagen seinen Vorsätzen folgen, an anderen nicht. An manchen Tagen freundlich sein, an anderen nicht – einfach mal ganz inkonsequent sein. Nicht überzeugen wollen, nicht angeben, nicht fehlerfrei sein. Einfach ganz normal: Ein ordentlicher, imperfekter Mensch.

Ich befinde mich im dunklen Zeitalter meines Geistes. Eine unterirdische Gedankenschmiede vergiftet mein Bewusstsein mit messerscharfen Alpträumen. Will ich mich in die Höhle des Drachens begeben um Brunhilde, den letzten Rest meines gesunden Verstandes, zu retten? Hoffentlich bricht bald die Renaissance an, die Wiederentdeckung des Sinns und der Vernunft.

Du läufst in ein Forschungsinstitut und verlangst, dass man dir das intelligenteste Wesen des Hauses vorstellt: Bringt man dich zu einem Menschen, dann ist es noch nicht so weit – oder längst zu spät!

Manchmal stolpere ich über ein tolles Wort, welches ich schon lange nicht mehr gelesen habe. Dann freue ich mich einerseits dieses Wort wiedergefunden zu haben, andererseits kränkt es mich aber auch, da es wahrscheinlich nicht das einzige tolle Wort ist, das ich früher einmal gekannt, doch inzwischen wieder vergessen habe.

Nimm es leicht, nimm es locker. Spiele Fangen mit dem Leben. Und solltest du es einmal gefangen haben, dann lasse es wieder frei, wie der Fischer, der nur zu seinem Vergnügen angelt.

58

Das Wort „prätentiös" ist prätentiös.

Ich mag es, ein Lied wieder und wieder zu hören. Dann ist es, als würde die komplexe Form des Liedes immer tiefer und ausführlicher in meinen Geist eingeprägt werden. Je öfter ich es höre, desto feiner und detailreicher wird die Form ausgestanzt, so kann ich jede noch so kleine Melodienuance spüren und mich an ihr erfreuen. Doch irgendwann ist es wie bei einer Form, die immer wieder in Sand gepresst wird. Der Abdruck hat sich durch wiederholtes Stanzen so weit ausgedehnt, dass die Form ihn nun nicht mehr ausfüllt. Das Lied kommt nicht mehr an, da es keine neuen Ecken meines Bewusstseins kratzt. Das Lied ist leergehört, und es ist Zeit für mich einen neuen Stempel zu suchen. Doch über lange Zeit hinweg kann es sein, dass der Abdruck wieder zusammenfällt, und wenn ich das Lied dann nach einigen Monaten oder Jahren zufällig wieder höre, hat es einen fast noch eindrücklicheren Effekt. Denn die Form ist zum Teil noch erhalten und die Melodie kann sofort wieder in mein Bewusstsein einschlagen.

Die beste Musik verschwindet im Hintergrund, bis nur noch ein Gefühl bleibt.

Das Ziel besteht darin, aus dem „ich muss" ein „ich darf" zu machen.

Wer sich ändern will, um glücklich zu werden, der wird nur unglücklich werden. Glücklich zu sein bedeutet sich selbst zu sein, auch wenn das abstrakt klingt und nicht konkretisiert werden kann. Wer denkt, er wäre unvollkommen, wer denkt er müsse etwas anderes in seinem Leben tun, etwas anderes sein, der wird nur unglücklich werden.

Warum sind wir manchmal unglücklich? Es ist Teil der menschlichen Verfasstheit und hat einen evolutionstechnischen Grund. Im Laufe der menschlichen Evolution haben unglückliche Menschen besser überlebt, als glückliche. Das Gefühl von Unzufriedenheit und Leere – Unglück – ist der Grund für den Menschen sich aufzurappeln und etwas zu leisten. Somit kann er seine Situation verbessern und zu seinem Glück beitragen. Deshalb waren unglücklichere Menschen oft vorsichtiger und voraussichtiger, um ihre Existenz und damit ihr Glück abzusichern. Und es macht Sinn! Angenommen, der Mensch wäre einfach so und immer glücklich, warum sollte er dann irgendetwas tun? All unser Tun zielt darauf ab, uns glücklicher zu machen. Es gibt immer einen Grund dafür, weshalb die Dinge so sind, wie sie sind. Viele haben ihren Ursprung in der Evolutionsgeschichte.

Nachtperson.– Nachts, wenn es am ruhigsten ist, und die Welt auf die Größe eines einzelnen dunklen Zimmers zusammenschrumpft, da kommt in mir eine eigenartige Motivation hervor, eine Motivation wie ich sie am Tag nie verspüre. Zu der Zeit, als ich eigentlich schlafen sollte, würde ich nichts lieber tun, als rauszugehen und mein ganzes Leben in einem Atemzug zu erledigen. Eine nie gekannte Energie und ein großer Ehrgeiz treten auf und ich fühle mich, als könnte ich noch alles erreichen, als wäre es für nichts zu spät, und als würde alles wie geplant verlaufen – als wäre alles gut. Wenn mein Unterbewusstsein weiß, dass nun alle Gefahren schlummern, dass die echte Welt weit weg ist und es höchst unwahrscheinlich ist, dass ich irgendeinen meiner nächtlichen Pläne auch wirklich in die Tat umsetzen muss oder am nächsten Morgen noch daran festhalte, verwandle ich mich in eine andere Person, eine Nachtperson. Diese Person ist unglaublich selbstsicher und überzeugt von ihren Kräften und Fähigkeiten, aber auch unglaublich feige und phantastisch, da sie in der Stille der Nacht, in dieser friedlichen Ruhe, weiß, dass sie das alles, was sie ankündigt zu können, nie wirklich tun muss, da es nur eine Tagträumerei ist, wenn auch eine spät am Tag, nämlich in der Nacht. Denn man kann auch in der Nacht tagträumen. Das ist es, was ich tue. Mein überhebliches Ich sagt: „Nun kommt nur her, seht mich an, bewundert mich, gebt mir eure Aufgaben, ich werde sie meistern!" Dabei ist es nur ein Kind, ein Kind, welches davon träumt ein großer Erwachsener zu sein. Es träumt davon, spät in der Nacht. Denn nichts kann es hier angreifen, nichts ist zu tun, alles wird gut, denn es hat sein warmes, gemütliches Bett. Ich würde wahrscheinlich vor Schreck auffahren, hörte ich nur eine einzige Stimme sprechen. Denn die echte Welt ist laut und gemein, voller Hindernisse und rücksichtsloser Konkurrenz. Sie lässt sich nicht leicht meistern, vor allem nicht vom Bett aus, im Schlafanzug, um Mitternacht.

Der Mensch ist ein Wesen, das sich selbst Gruben gräbt, sich daraufhin wundert, wenn es in eine hineinfliegt, und sich dann mit dem speziell dafür mitgebrachten Rettungsseil wieder herauszieht.

Menschen sind Quellen neuen Lebens.– Gewisse Lebenssituationen haben wir schon so oft durchlebt, dass wir sie gar nicht mehr richtig wahrnehmen. Genauso, wie wir einen andauernden Piepston ausblenden würden, ist unsere Auffassung taub und blind für diese allzu bekannten Momente geworden. Wir spüren sie nicht mehr, sie sind einfach nur da. Sie langweilen und ätzen uns und wir warten eigentlich nur darauf, dass sie vorübergehen. Zum Beispiel eine Zugfahrt von der Arbeit nach Hause. Noch eindeutiger und ähnlicher wie bei dem Piepston, ist dieser Effekt bei Musik. Musik, die wir eigentlich gerne gehört haben, aber das zu oft, können wir irgendwann nicht mehr hören. Doch wenn wir einmal mit einem anderen Menschen zusammen sind, der Mutter, dem Vater, dem Freund, der Freundin, und die alte 70er Hitliste läuft, erklingen die viel zu oft gehörten Songs plötzlich in einem neuen Klang. Das Phänomen, die eigene (aber eben ausgelutschte) Lieblingsmusik mit jemandem zu hören, der sie vielleicht noch nicht kennt, und dessen Reaktion darauf zu beobachten, während man selbst die Musik auch hört, verwandelt das Ganze in eine komplett neue Situation und es frischt dieses alte Erlebnis wieder auf, macht es wieder interessant. Genauso ist es mit allen Situationen und Erlebnissen im Leben. Hat man sie mit anderen Menschen, werden sie plötzlich zu ganz anderen und ganz neuen Erfahrungen. Man hat dann mehr Leben – neues Leben!

Leidenschaft ist eine Wahnvorstellung, deshalb heißt es ja auch Leidenschaft: Eine Sache, für die du gerne leidest. Und das in deiner

Freizeit. Das ist wahnhaft, und für einen vernünftigen Menschen sollte nichts Wahnhaftes teilhaben bei der Auswahl einer beruflichen Karriere. Ich weiß nur nicht, ob ich ein vernünftiger Mensch sein will.

Schlacht und Kampf nennen sie ihre Spiele im Sport. Für den Mann ist Sport, vor allem Gruppensport, dasselbe wie Krieg, nur verharmlost und ohne wirkliche Konsequenzen. Sport ist kastrierter Krieg.

Wer behauptet man könne das Leben nicht nach den eigenen Wünschen und Vorstellungen formen? In Wahrheit ist es doch, was alle tun.

Gegen was kämpfen? Gegen was standhalten? Wem etwas beweisen? Warum nicht einfach mit dem Strom schwimmen? Das ist eine innere Reise, eine psychische. Alles leuchtet, die moderne Welt ist erleuchtet, doch erleuchtet ist sie nicht. Ich bin mittendrin, verloren, orientierungslos und verängstigt. Wir alle wollen große Gefühle fühlen, großartige Dinge erleben und die bestaussehenden Menschen lieben. Die virtuelle Parallelwelt des Internets wertet die alte Welt ab und lässt uns sie vergessen. Vielleicht ist es wirklich schon zu spät. Ich brauche einen Sinn, brauche eine Liebe. Wer kann 18 Jahre lang von Brot und Wasser leben? Sehnsucht, Sehnsucht beschreibt es am besten. Wer sagt denn, dass ich bergauf renne? Was für uns Oben ist, ist für die Australier Unten, und im Universum gibt es sowieso kein Unten und Oben. Ich kann also genauso gut gerade bergab rennen. Das werde ich jetzt tun: Bergab rennen. Heute habe ich meinen Freund den Mond nicht gesehen.

Regen.– Ich mag den Regen, Regen war nie etwas Schlechtes für mich. Wenn man nach einem Spaziergang im Regen nach Hause kommt, ist man oft bis auf die Knochen durchnässt – klar – aber man ist auch aufgeweckter und irgendwie glücklich und auf eine magische Weise von der Natur berührt. Viele kommen außer Atem aus einem Regenschauer in die gute Stube gestürmt, durchtränkt von klarem Himmelswasser, mit einem glucksenden Lachen und einem breiten Grinsen und strahlenden Augen im Gesicht. Der Regen ist wie aktive Partizipation der Natur an deinen Geschehnissen. Wenn der Regen dich berührt, ist es als würde dich die Natur selbst berühren. Es bestätigt dich darin, Teil der Welt, der Natur, des Alles zu sein, und du bestätigst die Natur darin, dich zu bestätigen: „Ja, ja das ist richtig! Ist das nicht wunderbar, ist es nicht perfekt? Ich bin auf meiner Reise, und du begleitest mich, du, der Regen!" Der Regen, wie er in der Nacht gegen dein Fenster prasselt, ist auch die Stimme der Natur, die dir leise etwas zuflüstert und dich sanft in den guten Schlaf wiegt. Erst, wenn es draußen regnet, wird dir der Wert eines Daches über dem Kopf und einer warmen Stube wirklich bewusst. Du kannst das Fenster aufmachen und in die verregnete Welt hinausschauen, der Regen wird dich nicht attackieren oder verurteilen und du hast nichts gegen den Regen, solange du dich immer in dein gemütliches Zuhause zurückziehen kannst. Der Regen ist auch das Weinen der Natur. Es ist ein tröstendes und gleichzeitig bestätigendes und unterstützendes Weinen.

Denn wenn du im Regen weinst, dann sieht es niemand. Die Natur weint mit dir, und genauso, wie es aus dir herausbricht, brechen auch die Wolken auf in einem großen Gefühlsschwall. Der Regen fällt auf alles gleichmäßig und gleichermaßen und er macht keine Unterschiede, diskriminiert nicht, lässt niemanden aus. Und der Mensch, der sich so oft separiert von der Natur fühlt, als hätte er seine natürlichen Wurzeln verloren, auch er bekommt den Regen zu spüren, genau wie all die Pflanzen und die Steine und die Dinge rundherum. Die Natur hat ihm vergeben, tatsächlich war sie nie gekränkt. Die Natur ist nicht nachtragend und sie beschenkt all ihre Kinder mit reinem, glasklarem Wasser. Und der Mensch ist erleichtert und so glücklich, es fühlt sich an, als hätte er soeben gebeichtet. Wer sich gegen den Regen wehrt, einen Mantel und einen Regenschirm bringt, der kann sich schnell angegriffen und genervt fühlen, der stapft durch den Sturm und gegen den Wind, wird nass und kalt und hat Angst sich zu erkälten. Dabei ist der nächste Unterstand oder das Zuhause gar nicht weit weg, dorthin könnte man doch durch den

68

Regen tanzen! Schmeiß den Schirm weg und leg den (sowieso durchnässten und nutzlosen) Mantel ab! Dann spring durch das Regenwetter und summ oder pfeif dabei die Melodie: „I'm singing in the rain, just singing in the rain, what a glorious feeling, I'm happy again!"

Es herrscht eine unausgesprochene Vereinbarung unter allen Menschen, gemeinsam dieses Leben durchzustehen und dabei den anderen ihr Glück zu gönnen. Wer gegen diese Vereinbarung verstößt, oder gar nicht erst an sie glaubt, ist selbst schuld.

Manchmal hat man das Gefühl, als antworte einem das Leben mit jeder Erscheinung auf die eigenen unausgesprochenen Fragen. Wer diese Antworten dann nicht annimmt, ist selbst schuld.

Sogar in der Handschrift ist eine Männlichkeit oder Weiblichkeit zu erkennen. Während eine Dame die Wörter in den Lückentext legt, wie eine Mutter ihr Kind in die Wiege, haut sie der Herr hinein, wie das Beil auf den Keil. Die

Frau schreibt sorgfältig und schön. Sachte und behutsam, mit großen Schwüngen, streichelt sie das Wort auf das Papier. Der Mann füllt die Lücken aus, er beseitigt die Leere, er arbeitet hart und gezielt und effizient und es ist ihm gleich, wie schön oder unschön die Worte dabei rauskommen – das ist nicht von Belang. Eine Aufgabe muss erledigt werden, und erledigt werden muss sie schnell. Während SIE noch am dritten Wort hängt, sicher geht, dass es auch wirklich richtig ist, ist ER schon an der zweiten Seite, auf der ersten sind zwar die Hälfte der Wörter falsch geschrieben und man kann sie nicht lesen, aber immerhin ist sie erledigt und abgehakt. Die Schrift der Frau ist schön, in ihr steckt ihre gesamte Lieblichkeit und Fürsorge. Die Schrift des Mannes ist eckig und unvollendet, in ihr steckt eine gewisse Geschwindigkeit und Rastlosigkeit, die geballte Gewalt und der verzweifelte Überlebensversuch des Männchens. Für IHN ist die Schrift Mittel zum Zweck, für SIE ist sie Ausdrucksweise. Der Mann bringt seine Persönlichkeit nur mit den Bedeutungen der Wörter zum Ausdruck, die Frau – auf dem Papier – auch mit dem Aussehen ihrer Handschrift.

70

Erwachsene sind auch nur Kinder. Doch sie verkomplizieren ihre Machenschaften und verstecken sie hinter schweren Begriffen und ernstzunehmenden Vorwänden.

Bringt ein Mensch eine zu große Zeitspanne in der Einsamkeit und Untätigkeit zu, so beginnt sein Ich auseinanderzufließen und sich aufzulösen. Dies kann zu einer Identitätskrise und letztendlich zum Realitätsverlust führen. Deshalb ist es vonnöten, sich selbst andauernd in Kontakt mit Dingen und Menschen zu bringen, denn in der Abgrenzung von diesen erkennt man erst, wer man nicht ist, und somit wer man ist.

Schule.– Früh am Morgen, bevor die Sonne am Himmel steht und die meisten Erwerbstätigen noch tief schlafen, weckt mich der monotone Schrei der kleinen Maschine, die mein Leben kontrolliert. Dann quäle ich mich aus meinem Sumpf und im Halbschlaf lege ich meine moderne Uniform an. Ich belade meinen Tragekorb mit Steinen verschiedener Art, alle über ein Kilo schwer. Ich schleppe mich zur großen rasenden Metallröhre, welche die Normalsterblichen in Massen zu ihren Zielorten transportiert. Mein Hals ist krumm und mein Rücken ächzt unter der Last von unnützem Wissen. Ich verbringe meinen Tag im Sitzen, eingeengt, hinter einem Miniaturtisch auf einem winzigen Kinderstuhl. Meine Augen geradeaus, meine Ohren den Befehlen zum Denken lauschend, mein Gehirn vollgestopft mit Formeln und Begriffen und Namen und Daten und dunklen, schweren Gedanken. Der Tag wird unterteilt in verschiedene Foltereinheiten, das Leben wird quantifiziert. Gefangen bin ich, im Betonblock, ich schaue aus dem Fenster in meine Träume, alles da draußen ist hundertmal interessanter. Ein Vogel fliegt vorbei, die Vögel an der Scheibe sind unecht. Dann schlage ich einmal einen der tonnenschweren Wälzer auf und eine kleinste Zeile Wissen gelangt in meinen müden Schädel. Müde, so müde, immer. Sie sagen mir, ich solle denken, dabei verlangen sie das Gegenteil. Sie denken sie könnten denken, dabei zweifeln sie selbst daran. Die Herde ist unruhig, die Herde ist verunsichert, sie ist gehetzt, gehetzt vom bösen Wolf, ein Wolf im Abitursgewand. Es geht ums Überleben, es geht um alles und um nichts. Diese Schule, dieses Leben, bedeutet alles und nichts. Der Tag ist vorbei, die Massen strömen aus den Bildungsblöcken wie Gefangene aus ihren Zellen. Der Gedanke in ihren Hinterköpfen kratzt: Sie werden morgen wiederkommen müssen, und wieder, und wieder...

Jugend. – Ist da nicht eine Leere zwischen den Stationen des Tages? Fehlt da nicht ein ganz wichtiger Teil deiner Seele, ein verlorengegangenes Bruchstück? Sind die Bilder auf der Innenseite deiner Augenlider nicht viel heller als die, welche du mit offenen Augen siehst? Willst du nicht lieber ganz woanders sein? Die eisige Luft auf Island einatmen – zurück zur Natur! Oder in den Sonnenaufgang starren, von den Zinnen einer Ritterburg aus? Ins Leben tauchen, die Augen aufreißen, Liebe erfahren? Deine Realität kann deiner Phantasie nicht gerecht werden, immer rennst du deinen Träumen nach. Sollte sich das Ganze nicht viel echter anfühlen? Du solltest fliegen können, wie ein Funke durchs Weltall. Stattdessen liegst du auf dem Grund wie ein gesunkener Stein. Wo ist der Schein deiner Kindheit hin, wohin die ganzen Abenteuer? Dieses Leben ist eine Gummizelle, alles ist langweilig, falsch, abgesichert und vorgegebenen. Es gibt so viele Szenen deines Lebens, die du noch abdrehen möchtest. Du hast so viel vor, so viel geplant. Nachts greifst du nach den Sternen, wirst schwerelos – alles ist möglich – dann weckt dich der grelle Tag und reißt dich aus deiner Scheinwelt. Gibt es denn gar nichts da draußen? Wie tief musst du blicken, wie weit musst du gehen, gibt es überhaupt ein Ziel? Oder ist es das, soll es das gewesen sein? Der Tod kommt schnell, du fühlst ihn in deinen jungen Knochen. Er ist da, wartet auf dich...

Der Spiegel. – Lange schaue ich in den Spiegel hinein. Tief, immer tiefer will ich hineinsehen. Mit größter Sorgfalt und starrem Blick untersuche ich jede Pore meines Gesichts. Ich warte auf etwas, ich warte darauf, dass der Spiegel zu mir spricht, mir erzählt wen er sieht, wer ich bin. Ich muss nur nahe genug dran

74

sein und aufmerksam zuhören, vielleicht entlockt es dann dem Spiegel eine Wahrheit. Der Spiegel bleibt stumm, das Licht im Zimmer ist schwach, alle Helligkeit ist auf die reflektierende Oberfläche gerichtet. Eine langsame, ewig anhaltende, unerschütterliche Traurigkeit überkommt mich. Die Chance ist schon vorbei, die Show vollendet. Es kommt nichts mehr, es passiert nichts mehr – Zeit nach Hause zu gehen. Doch ich bleibe. Ich bleibe und starre weiterhin auf dieses fremde Gesicht im Spiegel. Ich hasse es nicht, ich liebe es nicht, ich kenne es nicht. Ich fühle nichts, wenn ich mich ansehe. Die Zeit vertickt, Tick für Tick. Ich möchte nicht hier sein, möchte nicht über all die Dinge nachdenken, die ich lieber wäre, die ich lieber täte. Ich wäre überall lieber als hier. Doch das Badezimmer mit dem Spiegel, es ist eine Oase in der Wüste der Einsamkeit. Hier scheint die Zeit stillzustehen, und die Welt verkleinert sich. Wenn ich die Tür zum Flur nur lange genug zulasse, dann schrumpft meine Welt ein, schrumpft auf eine akzeptable, verständliche und beruhigende Größe. In dieser lässt es sich für eine Weile leben und entspannen. Viel lieber wäre ich jetzt, in diesem Moment, da draußen in der Welt. Ich würde die ganzen verrückten Geschichten erleben mit meinen besten Freunden, die so sonst eigentlich nur in Filmen vorkommen, würde mir das Leben zu einem jungen Traum machen. Gerne wäre ich der weise, immer nette Lebemensch von nebenan, der erfahrene Meister der Realität und des Spaßhabens. Stattdessen nehme ich die Rolle dessen ein, der über diesen Menschen und sein phantastisches Leben nachdenkt. Der Spiegel bleibt weiterhin stumm, das Licht flackert, die Luft flimmert und langsam umgibt mich Schwärze. Was tun? Wer sein? Wer weiß das schon.

Es ist mehr ein innerer Krieg, den wir führen. Der äußere Sieg folgt ohne Weiteres dem inneren, haben wir uns erst einmal selbst überwunden.

Das Paradox.– Wie könnten wir peinliche und unangenehme Momente im Leben zum Besseren wenden? Momente wie das Erhalten einer Absage vom verehrten Schwarm oder

76

das ungeschickte Bewegen und Gebärden in der Öffentlichkeit. Man könnte sich ganz einfach sagen, dass solche Dinge, solche Gefühle, auch zum Leben dazugehören. Man könnte sich darüber freuen, dass man peinliche, unangenehme und enttäuschende Momente auskosten darf, als Teil der Erfahrung der Existenz. Doch das würde eine Unehrlichkeit, eine Gleichgültigkeit für andere und die Existenz selbst voraussetzen. Man würde das ganze Leben nur noch als Spiel sehen, nichts mehr ernst nehmen. Man würde sogar Versagen und Ablehnung und Schmerz nicht mehr ernst nehmen. Und das ist das Paradox. Wie soll man – wie kann man – den Schmerz genießen, wenn man ihn nicht ernst nimmt, denn dann ist er wieder unauthentisch, und man kann ihn nicht auskosten, nicht genießen.

Absurderweise verlangt das Leben von uns, damit wir es verstehen können, genau das nicht zu wollen.

Die Information, dass der vordere Teil des Löffels Laffe heißt, und die, dass wir alle aus

Sternenstaub bestehen, da der gesamte Kohlenstoff im Universum letztendlich während einer Supernova entstanden ist, sind eigentlich gleich interessant – oder gleich uninteressant. Denn alle beide beeinflussen unser Leben unmittelbar nicht, und beide werden uns wohl nie wirklich etwas nützen. Doch die Gesellschaft verlangt, dass man sich über gewisse Dinge mehr aufregt oder freut, als über andere. Wer die Dinge einfach so hinnimmt, wie sie sind, der ist schnell unbeliebt. Die Menschen mögen keine Relativisten. Sie mögen keine unbeugsamen Realisten die von nichts wirklich begeistert oder gekränkt sind, da sie alles aus allen Blickwinkeln betrachten. Heute finde ich die Laffe interessanter.

Entweder verändert sich alles, oder es verändert sich nichts. War schon immer alles, wie es ist, oder leben wir tatsächlich in modernen Zeiten?

Will man etwas besiegen, eine schlechte Angewohnheit oder eine verlockende Tätigkeit, so darf man es nicht für tabu erklären, dämonisieren oder nie wieder tun. Stattdessen sollte man es weiterhin ab und zu tun und es somit zu etwas ganz Normalem herabsetzen. Denn indem man es sich verbietet, verstärkt und vergrößert man nur die Verlockung. Willst du eine Tätigkeit entmachten oder eine Angewohnheit loswerden, so tu sie weiterhin, aber in geregeltem Maße.

Aus dem dunklen Zugfenster schauen mich zwei schwarze Augenhöhlen an, meine Augenhöhlen. Sie sitzen in meinem reglosen Kopf. So gefalle ich mir. Ein steinkalter und pupillenloser Golem. Nur grob erkenne ich meine reglosen Gesichtszüge. Es starren mich keine Augen an, die mich daran erinnern könnten, dass es ein bewusstes Lebewesen ist, welches da zurückblickt. Ich bin kein wackliger, wankelmütiger Mensch, ich bin ein perfekter Roboter. Müde, leer, unendlich gefühlslos – unendlich frei.

Und immer wieder denkst du, du hättest etwas an dir gefunden das sonst keiner hat. Eine Eigenschaft deines Bewusstseins oder deiner

Existenzwahrnehmung, die einzigartig an dir ist. Dann schaust du dich um und findest heraus, dass alle anderen Menschen genau dieselben Probleme haben, dass alle die Welt auf die exakt gleiche Weise wahrnehmen, und dass du nicht der Erste, nicht der Einzige bist, der dies oder das über die Existenz herausgefunden hat. Du denkst dir: „Das gehört jetzt mir, oder? Darin bin ich gut, besser als jeder andere." Oder: „Ich bin der Einzige, der so wahrnimmt, so fühlt, so existiert." Nein. Jeder denkt so, jeder fühlt so, jeder könnte tun und werden, was oder wer du bist.

Wie eine Fliege an die Glühbirne, poche ich mit meinem Geist gegen die Pforte des Himmels. Die Kunst ist ein Schlüsselloch, durch das ich die Ewigkeit erspähen kann. Gerne würde ich hindurchsteigen, das Wunderland besuchen, auch wenn ich weiß, dass die Schönheit mich blenden und verbrennen würde – wie das Licht die Motte. Perplex stehe ich vor der Wand aus Material, unendlich traurig, dass sie mir keinen Einlass gewährt, wäre ich doch so gerne mit den Unsterblichen.

80

Originalität.– Ich wünsche mir so sehr, ich könnte einmal einen einzigen originellen Gedanken fassen. Immer, wenn ich etwas denke oder sage, weiß ich, dass ich es schonmal zuvor, in der Vergangenheit, gehört habe. Ich weiß zwar nicht mehr genau wann oder wo, aber ich habe so ein Gefühl, bin mir sicher dabei. Und sogar bei Gedanken, bei denen ich nicht dieses Gefühl habe, bin ich mir sicher, dass es doch so sein muss, dass ich die Quelle, das Original meiner Idee, nur nicht mehr kenne. So stellt sich mir allerdings die Frage: Wenn wir Menschen ohne abzuschauen, ohne äußere Eindrücke, Inspiration und die bereits gedachten Gedanken anderer gar nichts denken können, gar nichts erschaffen können, wie ist es dann möglich, dass überhaupt neues Wissen entsteht, dass wir uns als Menschheit intellektuell weiterbilden? Wie kann es sein, dass aus den immer wieder kopierten Gedanken ein geistiger Mehrwert entsteht? Ist es so, dass dieser neue Denker, welcher auf einen anderen folgt, aus dessen Werk mehr herausziehen kann, als jener hineingesteckt hat? Dass es einfach so sein muss, dass die Kette immer weiter geht. Dass der Verfasser eines Textes nie schlau genug sein kann, um seinen eigenen Text ganz zu verstehen oder verbessern zu können? Vielleicht muss so ein Austausch und Abklatsch der Ideen stattfinden, für die Weiterentwicklung der Menschheit. Es gibt mir auf jeden Fall die Hoffnung, eines Tages etwas Originelles zu schaffen.

Der Kampf.– Ständig muss ich mich gegen die Vorstellungen der anderen verteidigen. Mein wahres Ich steht im Kampf mit dem Konzept von mir in den Köpfen anderer Menschen. Sie haben eine Vorstellung von mir und ich habe eine Vorstellung von mir. Sie haben Erwartungen und stellen Forderungen an mich, basierend auf Fähigkeiten und Eigenschaften, die sie mir zuschreiben. Fähigkeiten die ich vielleicht habe, vielleicht aber auch nicht. Ich stehe sogar im Konflikt mit meiner eigenen Vorstellung von mir. Ich sage mir: „Ich bin nicht sportlich und werde deshalb nie gut in Sport sein." Dabei bin ich zu körperlichen Aktivitäten genauso fähig wie jeder andere, ich traue es mir bloß nicht zu. Wer wir also

82

wahrlich sind, das wissen weder die anderen noch wir selbst. Du darfst nicht immer alles glauben, was du dir selbst über dich erzählst.

Gegenwart. – Und worauf ich mich so gefreut, mir als unmittelbar nächstes Ziel festgelegt und als ultimativen Spaß erklärt hatte, das liegt jetzt schon wieder hinter mir, in der Vergangenheit – nur in der Vergangenheit. Auch die ach so furchtbar schwere Aufgabe, die Hürde, sie ist vorüber und überwunden. Der Schmerz ist nur noch verblasste Erinnerung. Was so wichtig und groß war, ist nun nichtig und unwichtig. Und wie ich da so sitze, gekränkt dass meine derzeitige Existenz so klein und so einzig ist, bin ich fast enttäuscht, wie wenig sie mich noch betreffen, die großen Angelegenheiten meiner Vergangenheit. Was für mich einst alles bedeutete, ist nun nichts mehr. Wir leben eben doch nur in der Gegenwart, und diese bietet meistens so wenig, dass wir uns auf bereits Erlebtes zurückbesinnen müssen, um uns als kontinuierlich bestehendes und vielfältiges Wesen wahrnehmen zu können. Es verdeutlicht einem wieder, wie aussichtslos und sinnlos all die Bemühungen sind, uns sinnliche Glückserlebnisse zu verschaffen, gehen sie doch alle vorüber und verschwinden in der Vergessenheit. Die Zeit spielt mit uns, sie lacht uns aus. Gerade hattest du versucht einen tollen Moment zu greifen, da ist er schon wieder vorbei, ist irreduktibel geworden. Unser Erleben zieht im Nanosekundentakt an unserem Bewusstsein vorbei. Ich lebe nur jetzt. Eigentlich bin ich nie derselbe.

Du musst entweder die Welt ändern, oder dein Weltbild. Doch merke: Viele sind schon an der Welt zerbrochen, doch die Welt noch an niemandem.

Bücher vermitteln Intelligenz. – Sachbücher vermitteln Wissen, ja. Man wird wissender und weniger unwissend, doch das nur in bestimmten Fachgebieten, der Physik, der Mathematik, der Philosophie. Doch was Erzählungen machen, gute Erzählungen – Hesse, Wilde, Kafka, Musil – das ist uns das Leben lehren. Sie bringen uns auch etwas bei, in einem Fach, nur dass dieses Fach eben alles ist, das ganze Leben. Sie ermöglichen es einem herabzuschauen auf Leben, die fiktiv sind oder bereits von echten Menschen vorgelebt wurden. Sie packen ihre ganzen Erfahrungen und Weisheiten in ein Werk, und wir dürfen es lesen. Das verschafft uns einen fast unfairen Vorteil gegenüber denjenigen, die keine Bücher lesen. Bücher sind wie Lebensjoker. Anstatt es alles selbst herauszufinden, können wir es einfach auf den Seiten der Klassiker und Meisterwerke lesen. Diese erklären uns, dass Wissen allein nichts bringt, und nicht glücklich macht. Ein echter Philosoph muss über das Denken hinausdenken, hinausleben, muss rebellieren, muss mutig sein. Die großen Romane können uns helfen, bessere Versionen von uns selbst zu werden. Sie können uns viele Dinge offenbaren. Wer die großen Werke der aufgezählten Autoren liest, und sich auf sie einlässt, der wird danach nicht mehr derselbe sein, ganz bestimmt nicht. Sie werden ihn zum Besseren oder Schlechteren verändern, zu seinem Glück oder Pech. Doch verändern werden sie ihn bestimmt. Gute Erzählungen und Romane verleihen uns Leben – vorgelebtes Leben.

Was unterscheidet die kleine Pflanze, die zum Himmel wächst, vom eitlen Menschen? Nichts. Beide wollen. Warum sie wollen, wissen sie nicht. Was sie wollen, steuern sie nicht. Doch die Pflanze ist bescheiden genug sich nicht vorzumachen, ihr Wollen hätte einen tieferen Grund. Genauso bescheiden solltest du sein!

Erhält man was man erwartet, so ist es nur ein notgedrungener Korken für ein selbstgeschaffenes Loch, die erwartete Lösung zu einem Problem, lediglich ein Ausblick auf die nächste Unzufriedenheit. Hatte man allerdings keinerlei Erwartungen, wollte man gar nichts, war man bereits zufrieden, dann – und nur dann – kann einen eine positive Überraschung wirklich erfüllen und glücklich machen. Eigentlich ist nur das ein wirklicher Gewinn, ein wahres Geschenk, eine himmlische Freude. Alles Erwartete ist nur Leben. Das Wunschlossein ist die Voraussetzung für die Freude über ein Geschenk.

Reaktion und Kreation.– Wir können in unserem Leben kreieren und reagieren, haben quasi zwei Seinsmodi. Den Großteil unseres Lebens verbringen wir damit auf Dinge zu reagieren. Wir sind damit beschäftigt unseren Lebensstandard zu erhalten. Keine passende Kleidung mehr? Neue kaufen. Natürlich welche, die uns gefällt, dennoch kostet es Zeit und Geld. Die Zeit ist hier der wichtigere Faktor, denn sie wird unwiederbringlich verschwendet. Du brauchst ein Haus? Du kaufst ein Haus. Du brauchst Geld, eine Überlebensgrundlage, eine Karriere und einen besseren sozialen Status? Du suchst dir einen Job, einen guten Job. Du hast Feierabend und willst nach Hause? Du steigst in dein Auto und fährst nach Hause. Der Zaun braucht einen neuen Anstrich? Du streichst den Zaun. Du hast Hunger? Du isst etwas. Du willst einen guten Schulabschluss und gute Noten? Du machst deine Hausaufgaben und lernst auf die Klassenarbeiten. So widmen wir 90% (oder mehr) unserer Lebenszeit dem Reagieren. Was macht nun also das Kreieren aus, und was unterscheidet es vom Reagieren? Wenn man etwas kreiert, dann macht man das, ohne es zu müssen. Man steckt freiwillig seine Zeit und Energie in die Entwicklung oder die Schöpfung von Etwas aus Nichts. Wenn man auf eine weiße Seite einen Text schreibt, dann hat man etwas kreiert. Denn man reagiert nicht auf das leere Blatt, man sitzt ja nur davor, weil man sich aus eigenem Antrieb entschieden hat, etwas zu schreiben. Doch man kann nicht nur kreieren in der Form der Schöpfung, man kann auch seine eigene Persönlichkeit kreieren. Wenn man eine Aktion aufgrund von Gruppenzwang ausführt, dann ist es wieder Reaktion. Doch wenn man für sich in seiner Freizeit spontan entscheidet, sich mit Leuten zu treffen, oder ins Fitness-Studio zu gehen, dann ist das eine Art von Kreation. Reaktion aus Zwang, doch Kreation aus Freiheit.

Was ich habe ist die Welt. Eine Welt, die mir, wie sie ist, nicht gefällt. Was also tun? Ich stelle sie in ein gleißendes Licht, ganz dicht, in den Scheinwerfer meiner Phantasie und meines Leidens. Ich hänge überall Bedeutungen und tiefere Sinne auf, ich schmücke mir

88

die Welt, so wie sie mir gefällt. Das Wasser ist nicht länger tief, nun ist es auch profund. Die Nacht nicht länger dunkel, sondern auch tief. Die Natur nicht nur natürlich, sondern rein und ursprünglich. Öffnet alle Tore, als Toren waren wir geboren. Der Verstand hat die Schlacht gewonnen, hat den Zauber aus der Welt gepresst. Zu lernen müssen wir vergessen, das Denken sollen wir verwerfen. Was bringt uns unser stolzes Wissen, unser Hochmut, unser reinstes Gewissen, wenn es doch auf Lügen ist erbaut – die Vorahnung mir schon lange graut. Mehr als das hier gibt es nicht, drum stell es in ein besseres Licht. Romantisieren müssen wir, phantasieren sollen wir, denn sterben werden wir.

Die Nacht.– Der Raum wird klein, die Zeit bleibt stehen. Für einen Moment scheint alles möglich und nichts ist mehr beängstigend. Alles ist so weit weg und doch so nah. Die Dunkelheit bei den Bäumen beschwichtigt mich, sie lässt mich bei ihr verweilen, bis es mir wieder besser geht. Ich danke ihr dafür. Jedes Licht lädt mich zu sich ein, ist es auch noch so weit entfernt. In diesen Augenblicken danke ich dem Universum für mein Bewusstsein, ist es vielleicht doch das Beste, was mir je geschehen ist. Wer nur das Gegenwärtige sieht, wer nur den nassen Asphalt, das kalte Gras und die nervigen Neonlichter wahrnimmt, wer denkt, die Welt sei, wie sie erscheint, der hat Unrecht. Ich möchte es versuchen, will hinter die Fassade blicken, das wahre Wunder der Existenz begreifen, den Schleier von meinen Augen nehmen. Es fällt mir schwer, doch die Nacht, sie ist gütig, sie hilft mir dabei. Ich danke ihr dafür. Der Tag ist hektisch, grell und voll von funktionierendem Leben. Die Nacht ist leise, unendlich und voller Magie. Ich lasse mich in sie hineinfallen, wie in ein großes schwarzes Kissen. Es ist nicht warm, das Kissen, es ist gefüttert mit Ruhe und Glück. Ich blicke hinauf zu den Sternen und versinke langsam im Dunkel. Ich gehe in ihm unter, wie in einer zähen, mir wohlgesonnenen Flüssigkeit. Die Nacht will mich nicht verurteilen, so wie der Tag, sie will mich umarmen. Ich will sie umarmen. In der Dunkelheit sehe ich die Umwelt nicht mehr scharf, auch meine eigenen Umrisse verschwimmen. Es ist gut so, die Nacht sagt mir, ich solle die Realität nicht so ernst nehmen, denn was bringe es, sich so auf sie zu konzentrieren, sie so genau zu betrachten. Ich könnte genauso gut meine Augen schließen, es wäre immer noch dunkel – es wäre immer noch Nacht. Denn die Nacht verlangt von mir keine Leistung, die Nacht gibt mir mich selbst zurück.

Katalysatoren.– Chemische Katalysatoren senken die benötigte Aktivierungsenergie einer chemischen Reaktion und beschleunigen so deren Ablauf. Sie werden im Reaktionsverlauf nicht verbraucht. Soziale Katalysatoren, wie Alkohol oder Tabakwaren, senken die benötigte Aktivierungsenergie einer sozialen Interaktion und beschleunigen so den Annäherungsablauf. Sie werden im Reaktionsverlauf verbraucht.

Ich glaube das Bewusstsein besteht nicht unveränderlich außerhalb der Zeit. Ich glaube es verändert sich mit unserem Körper. Nur spüren wir das nicht, da wir es eben nicht mit einem zweiten Bewusstsein observieren können, wie den Körper im Spiegel.

Ich denke mit Fernglas und Megafon. Je weiter mein Blick reicht, desto länger brauche ich, um meine Augen zu schließen. Es ist schwer meine Gedanken auszuschalten, wem kann ich sie abgeben? Hiermit habe ich sie niedergeschrieben, das sollte schonmal helfen. Gute Nacht.

Ältere Menschen verfügen über ein ewiges Geheimnis, dass all deine derzeitigen Probleme lösen und klären könnte. Der einzige Grund, weshalb sie es dir nicht verraten, ist, dass sie vollkommen überzeugt davon sind, dass dieses Geheimnis mit dem Alter und der Reife auch dir zuteilwerden wird, und sich somit all deine Probleme von alleine in Luft auflösen werden. Denn im Herzen kennen die Älteren die Jüngeren besser, als diese sich selbst. Denn im Herzen flüstert ihnen Gott zu, und rät ihnen, es den Jungen noch nicht zu verraten, ihnen die Freude zu lassen, es mit der Zeit selbst herauszufinden.

Manchmal achtet ein Mensch auf gewisse Dinge zum ersten Mal, zum ersten Mal wirklich. Dann wird er das Gefühl haben, er sähe diese Dinge immer und überall. Außerdem wird er sich fragen, ob es dieses Ding schon immer in so großer Menge gegeben hat, oder ob er eine kürzliche Entwicklung beobachtet. Aller Wahrscheinlichkeit nach wird er etwas ganz Alltägliches beobachtet haben und es sticht ihm nur deshalb hervor, weil er sich eben darauf konzentriert. Wer sich zum ersten Mal über die Hygiene im eigenen Haushalt Gedanken macht, der sieht plötzlich überall Käfer und Flecken. Wer darüber nachdenkt, ein bestimmtes Auto zu kaufen, der sieht dieses Auto auf einmal immer wieder vorbeifahren. Wer ein bestimmtes Gefühl mit den einhergehenden Gebärden und Gesichtsausdrücken zum ersten Mal bei sich beobachtet, der wird zum ersten Mal fähig sein, dieses Gefühl bei anderen zu erkennen. Wann immer uns etwas neu und unbekannt erscheint, ist dies deshalb so, weil wir zum ersten Mal wirklich darauf achten und es uns sozusagen zum ersten Mal wirklich passiert.

Wir Menschen sind doch wie Katzen, die einem Lichtpunkt nachjagen. Haben wir das Leben einmal verstanden, verwandelt es sich vor unseren Augen in unfassbare Lichteffekte, lacht uns dabei aus, doch lädt uns zugleich ein mitzulachen.

Und wenn ich morgens aufstehe, dann ist der Zauber der letzten Nacht verflogen und nur noch etwas Dumpfes im Hinterkopf erinnert daran. Dann muss ich mich entscheiden, ob ich auch an diesem Tag wieder glücklich sein will, ob ich wieder produktiv und kreativ sein möchte.

Lebensphilosophie: Man sollte nichts tun, wobei man stirbt. Doch man sollte nicht nichts tun, bevor man stirbt.

Wer viele schlaue Bücher liest, wird unausweichlich zum Produkt dieser Bücher. Er macht sich Gedanken und Meinungen zu eigen, von denen er glaubt, sie seien dem eigenen Intellekt entsprungen. Doch dann ist es ja auch wieder so, dass uns Bücher nichts Neues beibringen, sondern nur das in Worte fassen, was wir tief in uns drin schon wussten. Bücher geben uns den Aha-Effekt.

Denken.– Mit der Sprache verhält es sich wie mit einem Vorhof zu unserem Bewusstsein, von dem aus wir diesen fremden Apparat beschreiben, den wir unseren Geist nennen. „Ich weiß; ich glaube; ich denke; ich erinnere mich; etc." Diese Wörter klingen mehr nach einem unerfahrenen Maschinisten, der mit aller Mühe versucht das Verhalten und die Eigenschaften seiner Maschine zu beschreiben, dabei aber sehr oberflächlich und knapp bleibt. Diese Aussagen sind mehr Feststellungen als selbstbestimmte, sichere Verkündigungen. „Es scheint, als ob sich mein Geist daran erinnert, als ob er das weiß, als ob ich das weiß." Was wir Denken nennen, ist ein Prozess, der genauso in der äußeren Welt stattfinden könnte, allerdings von unserem Geist und unserer Vorstellungskraft in unser Bewusstsein projektiert wird. Wir denken in Bildern und Ziffern, in Bildern aus Ziffern und Ziffern aus Buchstaben und Zahlen. Manchmal lassen wir auch einen inneren Film abspielen, um ein räumlich-technisches Problem zu lösen. Dieser Denkvorgang könnte auf die gleiche Weise in der materiellen Welt repliziert werden. Alles, was wir konkret denken können entstammt der echten Welt, unserer Umgebung. Somit kann auch alles in ihr wiedergegeben und dargestellt werden. Abstrakteres Denken, welches nicht direkt in der Materie abgebildet werden kann, ist entweder unsinnig, verschwommen, unpräzise oder ungreifbar. Wer sagt, dass „er denkt", der denkt gerade in diesem Augenblick nichts, da die einzigen Worte, die in seinem Verstand erscheinen „ich denke" sind. Erst nachdem er gesprochen hat, kann er sich wieder ins Denken vertiefen, denn unser konkretes, oberflächliches Denken findet ausschließlich in Worten statt, wir denken in Worten, es ist Wortdenken. Wann immer wir eine kreative, intuitive oder zufällige Eingebung aus dem Unterbewusstsein haben, ist das nicht unser Verdienst, nicht das direkte Ergebnis von konkretem Denken (denn dieses eignet sich nur für die Aneinanderreihung von Sätzen, Wörtern und Buchstaben und das Lösen

96

von weniger schweren Mathematik- und Logikaufgaben), sondern ein glücklicher Zufall, da wir über dieses Thema (über welches wir nachdenken) früher schon einmal nachgedacht und uns informiert haben. Wer in höheren Dimensionen denken möchte, wer das Ding „an sich" durch Verstand allein ermitteln möchte, wer mit diesen gefühlsmäßigen Vor-Gedanken tief im Hinterkopf arbeiten möchte, wer mehr aus der Welt machen möchte, als Staub und Energie, der soll sich dazu ermutigt wissen, soll aber auch wissen, dass er sich in unsichere Gefilde begibt...

Planet des Bewusstseins. – Da gibt es einen kleinen Felsbrocken inmitten des Nirgendwo, ein blauer Planet. Dieser Planet ist einzigartig. Einzigartig darin, dass er die Voraussetzungen für Leben erfüllt. Er erfüllt sie sogar so gut, dass sich viele verschiedene Spezies bildeten, die auf seiner Oberfläche ums Überleben kämpfen. Einst gab es riesenhafte Wirbeltiere, die über die Landmassen Terras herrschten, doch das Schicksal wollte es, dass nicht diese mächtigen Giganten überdauern sollten, sondern ihre schwächliche Beute. Die Ära der Säugetiere begann und sie hält bis heute an. Das mit Abstand dominanteste dieser Säugetiere ist der Mensch, welcher es mithilfe von Intelligenz und Wissensvermittlung an die Spitze der Nahrungskette schaffte. Der Mensch ragt aus all den Spezies hervor, nicht weil er schneller als die anderen ist, oder stärker. Er ist nicht resistenter und nicht besonders gut durch seinen Körper vor der Umwelt geschützt. Was den Menschen so überlegen macht ist kein angeborener Trieb oder Instinkt, keine körperliche Eigenschaft, sondern seine Fähigkeit Wissen anzusammeln und weiterzugeben. So herrscht diese Spezies allein über die Flora und Fauna. Doch der Mensch hat ein Problem, ein großes Problem. Es hat sich etwas aus der Rinde seines Leibes herausgebildet, eine Art überflüssiges psychisches Organ, das Ich, und das Bewusstsein. Der Mensch ist sich durch dieses Bewusstsein seiner eigenen Existenz, Vergänglichkeit und Beschaffenheit bewusst und er weiß nicht mal warum oder wie. So wandert er durch das Leben, allen anderen Arten so eindeutig überlegen und doch

98

von allen am bemitleidenswertesten. Mit der Entstehung des Selbst-Bewusstseins entstand auch das Verlangen nach einem höheren Sinn als der Reproduktion. Genau dieses Problem haben all die anderen Spezies nicht, nicht einmal ansatzweise. Der Mensch versucht sich die Sinnlosigkeit des Universums mit allen möglichen Mitteln zu erklären. Er verehrt selbst erschaffene Götter oder widmet seine gesamte Lebenszeit hartnäckig der Wissenschaft, überzeugt davon, irgendwann die Antwort auf alles zu finden. Doch schlussendlich kommt er immer wieder zur Erkenntnis der absoluten Sinnfreiheit seiner Existenz. Genau deshalb ist das Bewusstsein seine Qual und die anderen Tiere könnten den Menschen dafür bemitleiden – hätten sie ein Bewusstsein.

Wenn ich morgens aufstehe, spüre ich wie mein über Nacht zerflossenes und flach ausgebreitetes Ich, mein Bewusstsein, wieder konzentriert und in meinen Körper zurückgesteckt wird – zu dem es anscheinend gehört. Das dauert immer einige Minuten, Minuten in denen ich mich frage wann, wo und wer ich bin. Was ich bin. Meine eigene menschliche Existenz überrascht mich im ersten Moment da ich die Augen öffne, doch sehr schnell muss ich sie erfahren und annehmen. Es ist schon verrückt, wie wir in diesen Körper gesteckt wurden, über den wir nichts wissen. Wir haben diesen Körper nicht konstruiert, wir wollten nicht in ihm leben, wir müssen aber.

Nüchternheit.– Der depressive, pessimistische Blick auf die Welt ist kein schlechter. Es ist ein nüchterner, kühler Blick, ohne Ablenkungen und Illusionen, der einzige Blick, der das Wahre offenbart. Depressiv zu sein bedeutet einfach nur absolut nüchtern zu sein, keine Illusionen eines Sinns mehr zu haben, oder irgendwelche falschen Versprechen zukünftiger Möglichkeiten an sich selbst, einfach nur die blanke Realität. Wann immer man sich nicht depressiv fühlt, ist man auf irgendeine Weise abgelenkt, beschäftigt oder berauscht. Sei das nun durch Euphorie oder tatsächliche Rauschmittel. Und immer, wenn wir auf den Boden zurückfinden, zum nüchternen (und eigentlich normalen) Geisteszustand, dann kommt uns das so unbekannt vor, dass wir uns unwohl und „traurig" fühlen. Dabei ist die absolute bewusste Nüchternheit etwas sehr Gutes, denn sie verschafft uns den klarsten und ehrlichsten nur möglichen Blick auf das Sein. Eigentlich ist es eine Schande, dass wir uns so oft im Rausch befinden, dass wir emotionale und geistige Nüchternheit als unbefriedigend empfinden. Denn die Depression gibt einem einen guten Anstoß zum rationalen Denken und Umdenken, zum Lösen vorliegender Probleme. Wenn nichts mehr Wert hat, kann man alles nochmal entspannt betrachten, neu einordnen und bewerten. Deshalb sind Depression und Pessimismus nichts unbedingt Schlechtes, sondern das einzig neutrale. Schlecht sind viel mehr die ganzen Räusche die uns täuschen und in falsche Sicherheit wiegen.

(Es geht hier nicht um Depression als ernstzunehmende, diagnostizierte Krankheit, sondern als vorübergehendes Gefühl der Leere und Gleichgültigkeit.)

Das Unwetter ist ein spontaner Wutanfall der Natur. In Blitz und Donner entfesselt sich ein urgewaltiges und pures Toben, welches keine Menschenseele unberührt lässt. Das ist es, was ich am Unwetter so mag. Jeden betrifft es, niemand kann sich davor verstecken, niemand die Augen schließen und Ohren zuhalten. Jeder darf im Donner seiner Tobsucht freien Lauf lassen und jeder muss zuhören. Es ist wie ein gemeinsames Ausrasten: Eine heilende, natürliche und erfrischende Katharsis.

Ich mag es Urlaubsfotos anzusehen. Doch nur jene, die Menschen zeigen. Die Landschaft habe ich in Person gesehen, und benötige keinen billigen Abklatsch davon. Doch mit Fotos, auf denen man selbst zu sehen ist, ist das anders. Man kommt sich plötzlich wie eine gerechtfertigte Figur in einem Spielfilm vor. Man sieht sich zum ersten Mal als echten Menschen, als Menschen, welcher in den diversen Situationen des Lebens tatsächlich authentisch erscheinen kann. Anders als beim Aufnehmen des Fotos, weiß man beim Betrachten nicht mehr, welche Gefühlslage hinter dem eigenen Antlitz steckte – das macht es tausendfach interessanter. Dazu kommt noch, dass man gemütlich zu Hause sitzen und das Erlebte nochmal genießen kann. Ohne die vorörtlichen Unannehmlichkeiten wie Hunger, Hitze, Erschöpfung oder allgemeine Unlust. Danach erscheint der Urlaub immer doppelt so gut. Denn beim Betrachten hat man die Annehmlichkeit des Daheimseins plus die schöne Erinnerung aus der Ferne – doppelte Zufriedenheit.

Die Tugenden werden immer der Nützlichkeit angepasst. Einige der gegenwärtigen sollten die Laster neuer Zeiten sein.

Man braucht nur genug Bewusstheit, Aufmerksamkeit und Reflexion, und man kann seine Persönlichkeit situationsunbedingt anpassen und regulieren, ganz nach Belieben. Manche Menschen tun das jeden Tag. Ist das verlogen oder vorbildlich?

Wer sich jemals in vollkommener Verwunderung über das ihm vergönnte Glück befand, der ist entweder sehr bescheiden oder sehr erfolgreich.

Große Denker geben sich nicht mit kleinen Dingen ab. Ihnen geht es um das hohe Denken mit den tiefen Gedanken. Sie gestalten ihr Inneres und vernachlässigen manchmal ihr Äußeres. Groß, klein, hoch, tief, innen, außen – beschreibe ich hier einen Gegenstand oder einen Menschen?

Jetzt, im einundzwanzigsten Jahrhundert, haben wir Zugriff auf alle Musik aus allen Epochen. Von Bach über Frank Sinatra bis Kanye West kann jeder hören, was er will. So rennt jeder Mensch mit Kopfhörern durch die Gegend und lässt sich pausenlos von seiner Lieblingsmusik beschallen. Durch diese Beschallung werden die Menschen auf angenehme und behutsame Weise von ihrer Musik indoktriniert. So entstehen parallel die diversesten und einzigartigsten Persönlichkeiten. Denn in jeder Musik klingen die Sitten, Werte und Mentalitäten der jeweiligen Epoche mit. Es entsteht eine Gesellschaft mit hunderttausend verschiedenen Weltansichten, aus hunderttausend verschiedenen Liedern. Entweder das, oder unsere heutige Kultur heißt: Einheits-Mix.

Mit jedem Menschen verhält man sich anders. Das kann einen kränken, und man könnte meinen, dass man sich in dessen Gegenwart verstellt; dass die Gegenwart des anderen die eigene Persönlichkeit manipuliert oder zu sehr beeinflusst. Dann nimmt man sich vor, sich nicht mehr verändern zu lassen, und wieder authentisch zu sein und zu bleiben. Doch schnell bemerkt man, dass es zwischenmenschlich unangenehm wird. Denn die andere Person bekommt das Gefühl, man achte sie nicht, da man nicht auf sie eingeht. Diese kleinen Veränderungen der Persönlichkeit sind nichts Schlechtes. Wir tun sie unserem Gegenüber zuliebe, damit wir ihm keine Unannehmlichkeiten bereiten oder ihn in Verlegenheit bringen. Man sollte es nicht als falsch oder unwahr betrachten, sondern als die essentielle Eigenschaft sozialen Austauschs. Die Menschen passen sich aneinander an, damit erfolgreiche Kommunikation stattfinden kann. Außerdem: Wer will schon immer gleichbleiben? Gibt es überhaupt dieses eine authentische und statische Ich? Es wäre doch komisch, wenn wir uns mit jeder Person gleich fühlten.

Die Freude steckt darin, zu sehen, was die Gegenwart verschiedenster Menschen mit einem macht. Vielleicht offenbart es das Beste in uns, vielleicht das Schlechteste. Ob man es erkennen möchte oder nicht, es ist diese persönliche Veränderung, welche den sozialen Austausch erst interessant macht. Wir sollten uns mit anderen auf ein Abenteuer begeben, und mit ihnen die Eigenschaften unseres Selbst entdecken. Denn jeder neue Mensch schenkt uns ein neues Selbst. Den Menschen, welcher uns das beste Selbst von allen schenkt, lieben wir.

Der größte Teil des Lebens ist Verwirrung. Die meiste Zeit verbringen wir also mit Entwirrung. Manche Menschen haben sich die Entwirrung zur Profession gemacht, die Philosophen. In der Philosophie wird die Entwirrung kategorisiert und benannt. Ontologie – Entwirrung des Seins. Epistemologie – Entwirrung des Erkennens. Ästhetik – Entwirrung des Schönen. Ethik – Entwirrung des richtigen Handelns.

Die Schönheit der Welt wurde mir eigentlich immer nur in der Melancholie bewusst. Ansonsten hat mein Egoismus mich geblendet und ich war zu sehr mit meiner eigenen Schönheit beschäftigt.

Egal ist, wohin man geht. Wichtig ist, mit wem man geht.

Der Mensch ist ein eigenartiges Wesen, er versorgt sich auch bei Tage mit Alpträumen. Diese Alpträume nennt er Sorgen und Dystopien.

Wann immer du deine Haut spürst, dein Herz pochen, deinen Körper quietschen und deine Knochen knarzen. Wann immer du in der Ewigkeit gefangen bist und ins Nichts starrst. Wenn du die Türe öffnest, und nur Schwärze eintritt. Wenn du die Gesichter deiner Eltern altern und die Erinnerungen an die Toten verblassen siehst. In dem Moment, da du lange seufzt, um die Leere aus deinem Inneren zu lassen, da du die Tage bis zu deinem Ende herunterzählst, und wann immer du den Tod spürst, da bist du zu nah am Leben. Du bist zu nah am Leben.

Nur weil jedes Schloss letztendlich erbaut wird, um irgendwann einzustürzen, heißt das nicht, dass die Errichtung es nicht wert, und schließlich der Abbruch nicht glorreich ist.

Musik teilen. – Manchmal verfalle ich beim Hören meiner Lieblingsmusik in eine ekstatische Glückseligkeit. Diese hält nicht lange an, meistens nur für ein Lied, doch dieses Lied ist es wert! Es erinnert mich wieder daran, wie erlösend und befreiend Kunst sein kann und weshalb sie mir so viel bedeutet. Bin ich in meinem Glückszustand, dann wünsche ich mir oft, ich könnte diesen Moment mit einem anderen Menschen teilen, könnte ihn zu mir in die Musik holen. Mehr noch: ich wünschte, es gäbe einen Menschen, der die Musik selbst ist, die eine perfekte Liebe. Ich denke manchmal, der Sänger des Liedes könnte das sein, doch nicht einmal der könnte verstehen, was seine Musik für mich bedeutet und was sie in mir auslöst. Ist das nicht traurig? Ist das nicht wundervoll traurig und auf eine romantische Weise so wunderschön? Dass wir die größten Freuden mit wirklich niemandem teilen können, dass wir alleine mit uns und der Welt sind. Denn das Glück wird in unserem Geist erzeugt und das nicht für alle gleich. Genauso ist es mit der Liebe zu einem Menschen. Dieser könnte nämlich nie verstehen, wie sehr man ihn liebt, was er einem bedeutet, denn er nimmt sich selbst einfach nicht so wahr, wie wir ihn wahrnehmen. In den Momenten des größten Glücks, wünschen wir uns also einen Leidensgefährten, mit dem wir unser Glück teilen können. Doch tragischerweise würde eine neue Konstellation von Seelen den Moment tatsächlich vollständig verändern. Er wäre vielleicht immer noch schön, nur nicht mehr so wunderschön, wie er zuvor ausschließlich in unserem Herzen hat sein können. Denn tritt eine weitere Person hinzu, so tritt die Außenwelt in unser Innenleben, erschüttert dieses und lässt somit die subjektive Illusion der Teilbarkeit des perfekten Glücks verschwinden. Wir sind mit unseren größten Freuden alleingelassen, dazu verdammt, die besten Momente unseres Daseins doch ganz alleine zu erleben.

Man stelle sich seinen letzten Moment vor dem Tod vor. Ein letzter Moment, ein endlicher Moment, ein finaler Moment. Und der Chor singt und das Orchester strengt sich an die Melodie hinaufzutreiben, auf die ultimative Spitze der Verzückung. Wir müssen uns den Moment im Zustand größten Glückes vorstellen, da wir sagen: „Mit mir geht es zu Ende!" Wie großartig ist das? Wie wundervoll, wie überwältigend! Wer darf schon behaupten, es ginge mit ihm zu Ende? Wer darf schon behaupten, er hätte das Ende erreicht? Wer erlaubt es dem Sterbenden zu sterben? Niemand, denn niemand muss es erlauben! Man ist keiner menschlichen Seele mehr Rechenschaft schuldig, einer göttlichen schon gar nicht. Keiner möchte mehr etwas von einem, alle Arbeit ist erledigt. Man hat Schmerz und Freude hinter sich gebracht, und kann nun zufrieden darauf zurückblicken. Zufrieden, da man weiß, dass man es hinter sich gebracht hat. Die Realisation, dass man eines Tages sterben wird, ist

110

wie die Wiedererinnerung an ein Geschenk. Es wird nicht alles für immer so bleiben! Deine Großeltern und Eltern gehen lediglich voraus! Mach nur weiter und du wirst es schaffen! Und dann, am Ende, erwartet dich das große Finale! Und all deine Lieben und Verwandten werden anwesend sein. Und sie werden dein Ableben miterleben, wie die endgültige Auflösung eines Filmes mit Happy End. Du darfst ein guter Film sein, ein gutes Buch! Ein Werk mit einem Ende, das so traurig ist, und doch so schön, dass es dem Leser die Tränen in die Augen treibt! Wenn es um dich schwarz wird, dann läuft der Abspann. Alle Menschen, die dich kannten, lesen die Erinnerung – weiße Schrift auf schwarzem Hintergrund. Weshalb ist ein Happy End so erfüllend und zufriedenstellend? Weshalb seufzen wir in glückseliger Wehmut, sobald sich die Liebenden gefunden haben, der Vorhang zugeht und die letzte Note verklingt? Wir seufzen, weil es vorbei ist! Und wenn sie nicht gestorben sind, dann leben sie noch heute – glücklich, bis ans Ende ihrer Tage! Das ist eine Lüge, und die Filmemacher wissen es. Würden sie den Film weiterlaufen lassen, so würde uns nur das Leben erwarten. Stattdessen fängt der Regisseur diesen einen Moment des Glückes ein und macht einen Cut, auf dass er in Stille und für die Ewigkeit weiterklinge. Der lange, helle Ton einer Glocke. Sei der Regisseur deines Lebens, beende es für immer – darin liegt erst die Schönheit, alles andere wäre nur: Leben.

Du wirst das Ende deines Lebens nicht miterleben, genauso wie du den Anfang nicht miterlebt hast. Du kannst andere kommen und gehen sehen, ihre Geburt, ihren Tod, doch du selbst wirst immer leben. Deshalb macht der Ausspruch, dass man am Leben sei, auf sich selbst bezogen keinen Sinn. Was sollte man denn sonst sein, tot etwa? Natürlich bist du am Leben, das ist das einzige das du jemals sein wirst, denn im Tod wirst du nicht mehr sein. Dinge und andere Menschen haben ein Anfang und Ende, man selbst nicht. Für sich selbst ist man selbst die gesamte Existenz und mit dem eigenen Tod sterben auch Raum und Zeit. Es gibt nichts zu fürchten, wenn es nichts gibt, das fürchten kann.

Alle Intellektuellen beäugen kritisch die Entwicklung im Land. Belesen wie sie sind, fällt ihnen die Entwicklung zum totalitären Überwachungsstaat frühzeitig auf. Doch nur einer darf sagen: „Ich hab's zuerst bemerkt!"

Kein menschliches Geschöpf hat aufmerksamere Augen als ein Baby. Mit ihren aufgerissenen Glupschern sehen sie die Welt wie einen unglaublich interessanten Film im Fernsehen. Die Augen der Erwachsenen sind müde und halb geschlossen. Sie sind vor dem Fernseher eingeschlafen – es kamen nur Wiederholungen.

Ich wandle durch die Straßen, ich beobachte. Die Menschen degradiere ich zum Schreibanlass, die Natur zum Benzin meiner Fantasie.

Es gibt nichts Besseres, als bei Nacht entspannt und alleine Auto zu fahren und bei voller Lautstärke die eigene Lieblingsmusik zu hören. Die, welche einen tief berührt. Die, welche einen in eine Traumwelt teleportiert. Warum liebe ich das nächtliche Autofahren und Musikhören so? Um das herauszufinden, habe ich ein kleines Experiment gemacht: Ich habe angehalten. Plötzlich war der Effekt weg. Wieso? Ich glaube, ich weiß es. Wenn ich Auto fahre und dabei Musik höre, die ich kenne, so kann ich immer vorausahnen, welche Veränderungen die Melodie demnächst durchlaufen wird. Ich weiß also, welche Töne – und damit welche Gefühle – auf mich zukommen werden. Ich kann es so genau abschätzen, dass ich jedem Meter Teer vor mir einen einzelnen Ton zuweisen kann. Das heißt die Straße ist das Lied. Das heißt die Welt ist das Lied. Und ich durchfahre sie! Ich durchfahre meine nächtliche Parallelwelt aus Melodie und Gefühl. Deshalb liebe ich es so sehr. Deshalb macht es einen Unterschied, ob ich stehe oder fahre.

Das Metaphorische am Autofahren.– Der Zweck des Autofahrens ist es, irgendwo anzukommen, ein Ziel zu erreichen. Doch das Phantastische am Autofahren ist das Vorwärtskommen, darin liegt eine übersinnliche Zufriedenstellung. Denn es liegt natürlicherweise in den Trieben des Menschen immer auf etwas

114

zuzustreben und ein bedeutsames Ziel erreichen zu wollen. Nun ist es nur leider so, dass dieses Verlangen nie ausreichend gestillt werden kann. So ist das menschliche Gemüt nun einmal gestrickt. Sobald wir etwas erreicht haben, sind wir auch schon wieder darüber hinweg, unzufrieden und rastlos. Unseren Geist bereits auf das nächstbeste Ziel gerichtet, sind wir wieder auf Reisen. Und genau deshalb ist das Autofahren so selig, das Fahren, nicht das Ankommen! Denn steigt man, gehetzt oder erlahmt vom Tag, in seinen Wagen, startet den Motor und drückt aufs Gas, so kann man sich sicher sein, dass es losgeht, dass es wohin geht. Es geht voran, wir machen Fortschritt, das Ziel kommt näher. Welches Ziel ist egal, denn es ist ohnehin schlussendlich eine Illusion (eine nützliche). Somit ist das Autofahren eine perfekte Metapher für diesen tiefsten Wunsch nach Progress, und eine Art Manifestation desselben in der materiell-physischen Welt.

Wie wäre es, einmal das Denken zu verwerfen, die Philosophie aufzugeben und die eigenen ach so überlegten Verhaltensweisen zu vergessen. Wie wäre es, einen Kampfsport aufzugreifen und mal wieder richtig männlich zu sein, also so richtig. Doch es wird nicht in einer Halle gekämpft, auf Isomatten, oh nein. Keine weitere Kastration! Meister im Kampfe müsste man werden. Einen Kampfkameraden müsste man haben, so einen echten Freund. Dann sollte man ein Auto nehmen, und den höchsten Berg in der Nähe hinauffahren. Oben angekommen würde man dann – bei Nacht – einen einsamen Zweikampf ausführen. So lange, bis man im Schweiß und Dreck seine Männlichkeit wiedergefunden hat.

Oder eben nicht.

Eine Gutenachtgeschichte ist keine Lüge, ist kein Selbstbetrug. Eine Gutenachtgeschichte ist der ehrliche Versuch, jemand anderen oder sich selbst in einer besseren Welt einschlafen zu lassen.

Über den Schmerz.– Was ist Schmerz? Schmerz kann einfach verständlich und schwer verständlich sein. Immer ist es ein Ge-

116

fühl, welches gegen unseren Willen geht. Mit physischem Schmerz ist das leicht erklärt: Wir stoßen uns das Bein irgendwo an, es tut weh, wir wollen das nicht. Doch physischer Schmerz, welcher von einem unglücklichen Zusammentreffen mit der unbelebten Außenwelt ausgeht, hat auch immer etwas Nerviges an sich. Denn wir können nicht wirklich böse darüber sein, uns das Bein gestoßen zu haben, es war letztendlich nur ein Unfall. Wir können nicht böse sein, da wir niemanden haben auf den wir böse sein könnten. Um unserem Schmerz dennoch in Form von Wut Luft zu machen, ziehen wir des Öfteren eine Person heran, an der wir unser Missfallen über das körperliche Unwohlsein dann auslassen können. Als möglichen „Täter" des schmerzlichen Vorfalls könnten wir uns selbst und unsere Ungeschicklichkeit sehen, oder „den Kerl, der diesen Pfosten in seiner Idiotie viel zu weit rausragen hat lassen, wer platziert das so blöd?!" Körperlicher Schmerz ist also einfach erklärt: Es ist ein negativer Schicksalsschlag, der wenn er klein ist, uns nervt, und, wenn er groß ist, fatalistisch stimmen kann. Doch nun zum psychischen Schmerz, dieser ist um einiges komplexer. Es gibt viele Situationen in denen man einem psychischen Leiden unterliegen kann: Beziehungsprobleme, Minderwertigkeitsgefühle, Depression, Trauer, Diffamierung, Selbstzweifel, Überforderung und vieles mehr. Oft gibt es auch einen nachvollziehbaren Grund für den Schmerz, dann wissen wir, was wir zu tun haben, um ihn wieder loszuwerden. Doch ich möchte mich um jenen psychischen Schmerz kümmern, welcher uns täglich erwischen kann und eben nicht zu verstehen und deshalb nur schwer zu kurieren ist. Als konkretes Beispiel nehme ich: Langeweile. Denn auch das sich Langweilen – gerade das – stellt für mich eine feine aber schreckliche Form des psychischen Schmerzes dar. Denn wann langweilen wir uns schon einmal? Nur dann, wenn all unsere Bedürfnisse vorläufig erfüllt sind und wir etwas Zeit für uns selbst haben. In dieser Zeit könnten wir nun alles uns nur Mögliche tun – und lassen. Und wir lassen es auch, und dieser kurze Moment zieht sich zu lange hin und wird unerträglich. Jetzt, da uns das volle Ausmaß der menschlichen Kons-

118

titution wieder bewusst wird, verspüren wir diesen kleinen aber feinen Schmerz. Denn wir können nicht einfach glücklich sein in unserer Freizeit, nein, wir sind noch immer gehetzt. Doch zurück zum Schmerz: Auch hier steht wieder ein ungutes Gefühl, das Gefühl der Langeweile und Unzufriedenheit, gegen unseren Willen. Doch der Schmerz geht in diesem Fall nicht unmittelbar von diesem Gefühl aus. Der Schmerz geht von unserer Willenlosigkeit aus. Beim körperlichen Schmerz wissen wir genau, was wir wollen, nämlich den Schmerz loswerden. Doch bei der Langeweile, welche auch gegen unseren Willen geht, ist es nicht diese selbst, welche uns Unwohlsein bereitet, sondern die Tatsache, dass wir nicht wissen, was wir stattdessen wollen. Der entgegengesetzte Wille ist leer und unbestimmt. Das ist es, was uns schmerzt, das ist die Quelle der Unzufriedenheit. Es quält uns, dass wir nicht einmal wissen, was wir überhaupt wollen! Wir wissen, dass wir keine Langeweile wollen, ok, das ist eindeutig noch kein Grund zum Leiden. Doch wir wissen nicht, was wir stattdessen wollen – das ist ein Grund zum Leiden. Wir kennen uns selbst und unseren Willen nicht, sind nicht einfallsreich genug, nicht intuitiv genug, um zu wissen, was wir wollen. Das ist Schmerz, wahrer, inhaltsloser, ungreifbarer, unheilbarer psychischer Schmerz. Und so verhält es sich auch mit Depression. Man ist depressiv, nicht weil man die ganze Welt verschmäht, sondern weil man nicht weiß, was man will, was einen wieder glücklich macht. Man verachtet sich selbst und seine Willenlosigkeit. Etwas gegen seinen Willen zu haben, das ist Unlust. Nicht zu wissen, was man will, das ist Schmerz.

(Ist Langeweile ein Luxusproblem? Ja, das macht sie zu dieser letzten, schlimmsten psychischen Qual, welche sogar die Reichen, und vor allem wunschlos Glücklichen einholt!)

Sobald dich jemand siezt, macht er dich verantwortlich. Sobald dich jemand duzt, macht er dich schuldig.

Wären wir unsterblich, so würde keine Liebe für immer währen. Wären wir unsterblich, so würde keine Liebe etwas bedeuten. Wä-

120

ren wir unsterblich, so würde nichts für immer währen. Wären wir unsterblich, so würde nichts etwas bedeuten. Wären wir unsterblich, so wäre unser einziger Wunsch, es nicht zu sein.

Selten denke ich darüber nach, was ich von anderen halte, oft darüber, was sie von mir halten. Selten denke ich darüber nach, was andere gesagt haben, oft darüber, was ich gesagt habe. So geht es wohl allen.

Mancher Menschen Werk sind sie selbst, doch ich bin mein Werk.

„Wie kann es sein, dass du diese wunderbare Melodie nicht genießen kannst? Hörst du denn nicht diese sublime, leicht melancholische Klangnuance, kannst du sie denn nicht hören?" Nein, das kann ich tatsächlich nicht. Denn diese letzte, diese feinste Klangnuance, welche dir das Erlebnis zum Genuss macht, die spielt nur in deinem Kopf. Sie wird von deinem Gemüt untergelegt, das ist es, was man Geschmack nennt! Ohne dich wäre diese Nuance gar nicht da, denn sie liegt nicht in der Musik, sie liegt in dir!

So wie der blaue Himmel mit seinen wunderschönen Wolkenbildern immer über uns liegt, doch wir ihn nur selten beachten, müssen wir nur einmal innehalten, und in uns gehen, um zu erkennen, dass wir immer schon am Ziel sind, dass das Problem immer schon gelöst ist, dass wir immer schon die beste Person sind, die wir sein könnten. Wir müssen nur einmal hinaufblicken, und den Himmel aufs Neue entdecken – wunderschön!

Die Menge an Dingen, die wir haben, erscheint neben der Menge an Dingen, die wir gerne hätten, oft sehr klein.

„Denkst du, du bist was Besseres?" Oh, diese Frage, diese eine spitze Frage, welche ohne Rücksicht und mit brutaler Ehrlichkeit direkt ins Herz sticht und dann ausschließlich Unterwürfigkeit und beschämende Bescheidenheit als Antwort akzeptierten will. Doch ich mag sie nicht, diese Frage, welche mehr eine wertende Aussage ist, als eine Frage. Ich hasse sie sogar. Denn sie kritisiert eine Person als Ganzes, das ganze Wesen des Angesprochenen. Dabei entspringt dieser Satz meist einer Situation, in welcher eine Person aus einer Gruppe heraussticht, da sie besondere Raffinesse oder großes Können aufweist oder ein höheres Niveau in einer Sache gewohnt ist. Wenn dieser fähigere oder anspruchsvollere Mensch dann unzufrieden mit der Leistung oder dem Geschmack der anderen ist – und das merken lässt – zieht er damit schnell Groll und Unmut auf sich. Anstatt die Überlegenheit (in diesem Gebiet) zu akzeptieren oder diese intellektuell anzufechten, richten die sich nun minderbemittelt und minderwertig fühlenden Mitmenschen ihr Missfallen auf die Person und nicht auf den Inhalt. Es ist insofern nichts anderes, als ein Argumentum ad Hominem – das stärkste tatsächlich, denn es kritisiert das ganze Sein eines Gegenübers. Es sollte jedem klar sein, dass die Menschen an sich nicht besser oder schlechter untereinander sind – sie sind verschieden. Wenn nun also diese eine schrecklich gemeine Frage fällt, welche hauptsächlich darauf abzielt, das Selbstwertgefühl des Betroffenen zu vermindern, dann geht es nie darum, dass ein Mensch an und für sich besser ist als die anderen, sondern dass ein Mensch in einem gewissen Gebiet, einem Fach, einer Aktivität oder sonst irgendetwas besser ist als die anderen. Wenn eine Person also in einem solchen spezifischen Gebiet schlechter ist als eine andere, dann kann es dazu führen, dass sie sich als Ganzes schlechter fühlt und im Gegenzug versucht, die bessere Person sich ebenfalls schlechter fühlen zu lassen. Das Ganze ist lächerlich und absurd, passiert allerdings tragischerweise nur allzu oft. Jedem sollte klar sein, dass man anderen auf manchen Gebieten unterlegen, auf anderen dafür überlegen ist, und kein Mensch ist als Ganzes besser oder schlechter als ein anderer. Sollte man sich also für etwas Besseres halten? Nein. Doch sollte man sich in etwas für besser halten? Wenn es die Wahrheit ist, und keine Eitelkeit, Überheblichkeit oder Selbstüberschätzung dann – ja.

Sieh dich um. Mehr ist es nicht, mehr wird es nicht! Du musst alles in diesem Leben unterbringen: Karriere, Freizeit, Liebe, Hass, Intellektualität, Gewalt, Sinn, Sport, Spaß und Verzweiflung. Aber lasse dir Zeit, und sorge für den nötigen Ausgleich! Nach dem angestrengten und ernsten Studieren muss das sinnbefreite und alberne Entspannen kommen. Nach dem Sport sollte man sich schon mal ein Eis gönnen. Denke nur nicht, du könntest nur eine Seite deiner Person sein, nur eine Seite des Lebens leben. Ab und zu musst du versagen, ab und zu musst du scheitern. Denn hältst du verkrampft an deiner Persona, an deiner Idee von dir selbst, fest, so kann das zu Neurosen und Depressionen führen. Also sieh dich um. Das ist es. Du bist es. Mach das Beste daraus!

Widerwillig setzt man das einundzwanzigste Jahrhundert auf den Einband seines Werkes. Ja, ich gestehe, ich bin ein Beobachter, einer aus der Postmoderne. Nicht gehöre ich zu dem einzigartigen Kollektiv der Geistesgrößen des letzten Jahrhunderts und Jahrtausends, mehr betrachte ich dieses aus der Ferne und lasse mich fortgehend von ihm inspirieren. Klaue ich hier und da mal einen Gedanken? Ich weiß nicht, wahrscheinlich ist es. Um das Jahr 2000 herum gibt es eine geistige Grenze in meiner Vorstellung. Ab hier muss alles glänzend sauber sein und ganz fortschrittlich. Die alte Welt ist abgeschlossen, sogar die Moderne ist abgeschlossen. Aller Krieg, alles Unrecht, alle Fehler des letzten Jahrtausends können nicht wiederholt werden. Nun erfolgt der Kommentar zum Geschehenen, Neues geschieht nicht mehr. So fühle ich. Die Neunzehn am Anfang der Jahreszahl dient nun als Qualitätssiegel, und die Zwanzig als Warnung, als Anlass zur Skepsis und zum Zweifel. Ach! – Alt, weißbärtig, berühmt und schon lange tot müsste man sein. Jeder schreibt heute Bücher und vermischt alle Richtungen nach Belieben. Wer die Sprache betreffend nicht zeitgenössisch klingt, wird nicht ernstgenommen oder für einen Schauspieler gehalten. Denn der Schreibstil ist frei wählbar, so auch die Gesinnung, der Charakter und die Interessen. Alles ist möglich, alles steht nebeneinander, alles ist relativ. Doch tatsächlich hat sich nichts ver-

126

ändert, tatsächlich ist es nur ein willkürlicher Zähler: 2000 Jahre seit Christus oder 12000 seit dem Beginn des entwickelten Menschentums.

Interessant, wie Fiktion die Religion ablöst: „Ja, ich weiß, dass es frei erfunden ist, und in Wirklichkeit nicht existiert. Kann ich jetzt bitte daran glauben?"

Das Internet machte uns misstrauisch gegenüber allem Originellen.

Der Tagebüchler.– Alle Tagebuchautoren haben dasselbe Problem: Sie beschreiben immer nur eine Seite einer Geschichte, nämlich die, welche beschrieben werden kann. Tagebuchautor zu sein ist ein Lebensstil und eine Weltanschauung. Die Anschauung der Welt als Schreibanlass, als Kollektiv, bestehend aus Events, die voll und ganz in Worte gefasst werden können. Wenn das einmal nicht gelingt, treibt es den Tagebüchler in den Wahnsinn.

Du bist okay, so wie du bist – jetzt, hier, im Moment. Doch ich will dir sagen, dass du noch besser sein könntest! Aber fasse das nicht als einen Befehl, eine Bemängelung oder strenge Kritik auf, nur als einen wohlgemeinten Rat. Du kannst hierbleiben und in dem Haus entspannen, das du dir bisher zusammengezimmert hast. Und wenn es dir dabei gutgeht, ist das perfekt! Doch wenn du dich in deinem Heim derzeit unwohl fühlst, wenn die Wände brüchig werden, und das Dach droht einzustürzen, dann wird es vielleicht Zeit auszuziehen oder eine Renovierung vorzunehmen. Und du sollst wissen, dass du das kannst! Du sollst wissen, dass du über alle Werkzeuge verfügst, die es braucht, um ein besseres Leben und eine bessere Version von dir selbst zu erschaffen! Du bist nicht machtlos! Wo solltest du anfangen? Bei den kleinen Dingen und bei den Dingen, die dich beschäftigen, die dir Angst machen oder dich schlecht und schwach fühlen lassen. Dann arbeite dich zurück an die frische Luft, hinauf ans Licht. Denn du kannst das, du hast das Werkzeug dazu!

Spendiert man jemandem etwas, so verlangt man zwar keine Rückerstattung in monetären Einheiten, doch immer in Sympathie. Nichts ist jemals kostenlos. Die zwischenmenschliche Ökonomie endet nicht beim Geld. Oft wird auch mit anderen Gütern gehandelt: Vertrauen, Liebe, Freundschaft, Lob, Ansehen, Ruf, Rechtfertigung. Drum sollte man nie den Fehler machen, etwas zu spendieren und zu denken, man wolle nichts dafür. Oder den Fehler etwas spendiert zu bekommen, und zu denken, der andere wolle nichts dafür.

Du musst Versorger und Genießer zugleich sein. Ansonsten hast du dich um deine eigene Arbeit betrogen.

Alle Welt sitzt vor dem Bildschirm – bereitet sich auf den Meinungskrieg vor.

Und wenn es denn wahr sein sollte, dass kein Gedanke jemals wirklich originell sein kann, so ist es doch auch wahr, dass jede neue Aneinanderreihung und Verknüpfung bereits bestehender Konzepte als Ganzes eine neue

Bedeutung, und damit den Status einer eigenen Entität erhält.

Wahrer Horror ist die Furcht vor dem Schrecken, der unendlich lange Moment vor dem eigentlichen Schmerz. Wahrer Horror ist die Realisierung, dass es kein Zurück gibt, dass der Schmerz, letztendlich der Tod, unabwendbar eintreten wird, dass diese schreckliche Situation Realität ist. Es ist das Straucheln vor dem Fall, der Kipppunkt bei der Achterbahn, der Moment, in dem man „Ja" sagt, der Schritt ins Ungewisse, diese eine endgültige Entscheidung. Es ist dann, als man einen wahren Horrorschock durch seinen Körper gehen fühlt. Ist der Schmerz einmal eingetreten, so ist er auch schon wieder vorbei, doch die ewige Vorahnung während der Wartezeit – sie ist die Hölle auf Erden!

Menschen sind nicht sympathisch oder unerträglich, sie sind dir sympathisch oder unerträglich. Und nicht mal das. Man könnte nie mit absoluter Sicherheit und auf alle Ewigkeit behaupten, dass einem eine gewisse Person vollends missfällt. Schon in den ersten drei Sekunden einer Begegnung entscheidet man, ob man die andere Person mag oder nicht (angeblich). Doch dann ist es auch wieder so, dass der erste Schein oft trügt. Solche widersprüchlichen Halbweisheiten, welche sich zuzeiten als wahr, dann doch wieder als falsch erweisen, erschweren uns den vorurteilsfreien Umgang mit Menschen. Oft hängt es auch von unserer Stimmung ab, ob wir jemanden mögen oder nicht. Das kann sich von Tag zu Tag ändern. Und manchmal wird uns eine einst verhasste Persönlichkeit Jahre später doch sympathisch, und dann ist eben die Frage: Hat sich die andere Person verändert, man selbst, oder beides? Manche Personen sind nur in der Gruppe erträglich, andere nur im Zwiegespräch. Es stellt sich also heraus, dass es so ziemlich unmöglich ist, eine Person zulänglich und fair als sympathisch oder unerträglich zu bezeichnen. Man könnte höchstens eine momentane Einschätzung vornehmen: Gefällt mir diese Person zu diesem Zeitpunkt, unter diesen Umständen und mit dieser Auffassung ... oder nicht?

Ich würde die Wahrheit der Lüge in neunundneunzig von hundert Fällen vorziehen, die einzige Ausnahme ist das hier.

In der Hierarchie der Meinung gewinnen noch immer die Lauten, die Stummen bleiben zurück, können sie noch so schlüssig denken.

Das Leben ängstigt mich in seinen friedlichsten Momenten. Wenn die Geräusche der Nacht in mein Ohr rieseln, wie der fallende Sand der Sanduhr, und mir nichts bleibt als ein starrer Blick.

Ganz alleine ein Fest feiern. Mitten in der Nacht. Nur ich und die Stimmen aus hundert Liedern. Eine weitere menschliche Präsenz wäre jetzt zu viel, zu fremd, zu brutal, würde sofort die Stille zerschneiden und den Zauber beenden. Das sind Feiern, die man nur alleine feiern kann. Das Feuerwerk prasselt in meinem Kopf, die Lichter reflektieren auf meinen geschlossenen Augenlidern. Welche Drogen ich nehme? Nur Imagination, Inspiration und etwas Nachtluft. Wem das zum Träumen nicht

132

reicht, der soll bemitleidet sein. Denn ich kann ihn nicht einladen, in mein Gedankenschloss aus Wörtern und Sätzen – leider. Aufgrund dieser Momente schreibe ich, für diese Momente schreibe ich, und wenn ich in diesen Momenten schreibe, dann schreibe ich das hier. Hoffentlich hilft es.

Realität ist körperlich und geistig zugleich. Wer das eine auslässt und nur versucht vom anderen zu leben, der geht unter. Der Geist kann über das Körperliche nachdenken und der Körper kann das Geistige verdauen oder ankurbeln.

Es gibt Menschen, die sind alleine am glücklichsten. Nicht alleine mit ihren Freunden. Nicht alleine mit ihrer Familie. Nicht alleine mit ihrem Partner. Alleine mit der Welt.

Wirklich ernst. – Was ist uns ernst, was ist wirklich ernst? Ist Arbeit ernst? Nein. Vielleicht alles andere? Nein. Es ist: Kunst. Kunst ist der volle Ernst. Denn in der Kunst versuchen wir unsere tiefsten Seins-Abgründe darzustellen und zu verstehen. Jeder Künstler traut sich feige hervor, und schlägt eine Analyse und eine Hypothese vor. Diese stammen aus der Tiefe seiner Gefühlswelt und hoffentlich korrelieren sie mit denen der anderen. Dann können diese in sich selbst hineinblicken. Leben ist nur Schauspiel – wie Shakespeare sagte. Leben ist nur Oberfläche. Es gibt Regeln, es gibt ein Skript, es gibt allgemein anerkannte und feste Ziele – alles kein Problem. Doch manchmal nimmt man sich etwas Zeit, man steigt aus dem Leben aus und es wird ganz leise und auch dunkel. Und nun kommt die Kunst und der Spaß ist vorbei. Es folgt das Reflektieren und das Reflektieren ist nicht immer hübsch, ist nicht immer lustig. Denn jetzt geht es um alles, denn der Künstler hat alles in sein Werk gesteckt. Das ganze Menschsein, die ganze Welt. Keine Spielchen mehr, keine Ausreden. Jetzt gehen wir der Sache auf den Grund, nun geht es ans Eingemachte und um das ganze Leben, nun wird es – todernst.

Wenn ich das Tagebuch aufschlage, und einfach schreibe, alles rauslasse, mich selbst therapiere, dann erreicht mein zusammenhangsloses Geschreibsel ganz von alleine einen Höhepunkt und danach wieder eine Senkung. Es würde mich interessieren, ob man diese natürliche Gefühlskurve herauslesen kann, oder ob sie nur in meinem Kopf verläuft.

Wer in einer Gruppe gut gelaunt ist, weil er es von Anfang an sein muss, der wird nicht glücklich. Wer allerdings gut gelaunt ist, weil er es durch den Umgang wird, der ist glücklich. Unter Bekannten herrscht oft eine Verpflichtung zum Optimismus. Ein wahrer Freund lässt einen auch mal traurig sein – man wird ja wohl noch traurig sein dürfen!

Ist das alles, was wir je in unserem Leben tun werden? Glücklich sein, traurig sein, darüber reflektieren. Glücklich sein, traurig sein, darüber reflektieren. Glücklich sein, traurig sein, darüber reflektieren. Dann sterben.

Philosophie ist keine Wahl.– Philosophie ist eine Verdammung. Wer zum Überdenken veranlagt ist, wird zweifelsohne über die Philosophie stolpern. Und von diesem Punkt an wird er sich die Philosophie zu seiner Realität machen und kein Nachdenken wird mehr möglich sein. Und alles wird Philosophie sein. Und ist man einmal in ihrem Bann gefangen, so kommt man nicht mehr von ihr weg, denn man kann nicht mehr denken, nur noch philosophieren. Und irgendwann wird man sich denken: „Wie war die Welt noch gleich, bevor ich anfing zu philosophieren?" Und vielleicht werden einem die Alltagsmenschen in ihrem Trubel irgendwann intelligenter vorkommen als man selbst. Und vielleicht werden diese einen dafür dumm anschauen und vielleicht wird man sie dafür beneiden. Nur wer einen langen Weg hinter sich hat, kann so über das Denken denken. Nur ein Philosoph kann die Philosophie wirklich verachten…

Erwachsen werden.– Mit jedem Lebensabschnitt wird ein weiteres unglückbringendes Element des Erwachsenwerdens hinzugefügt. Tragisch ist es, die Veränderung der eigenen Psyche mitanzusehen, wie aus dem sorgenfreien Kind ein verdorbener Erwachsener wird. Eines Tages reicht uns die Bestätigung der Eltern nicht mehr, dann gleichen wir uns der Menge an, um sozial akzeptiert zu sein. Wir entjungfern das Kind in uns auf jede erdenkliche Art, zwingen es zu rauchen und zu trinken, zu streiten und zu hassen. Dann werden wir selbstbewusst und meistens fühlen wir uns körperlich wie geistig unzulänglich und unterlegen. Irgendwann betreten wir den Arbeitsmarkt, verlieren jede Schonung und Sympathie, welche uns als Kind zuteilwurde und müssen von nun an für unser eigenes Überleben kämpfen. Zum ersten Mal wird uns bewusst, dass das Leben kein Spiel ist, und die Welt noch immer grausam. Dann betreten wir auch noch den Sexualmarkt und uns ergreift der Zwang zur Partnersuche. Dann bemerken wir, dass unser Aussehen und unsere Persönlichkeit gemessen werden können, wie eine Ware und dass diese Ware auf einer Skala eingeordnet wird – ob man will oder nicht. Bald bemerken wir auch, dass wir nicht mehr alleine glücklich sein können, dass wir uns um uns selbst kümmern müssen, dass das Leben voller Konkurrenz, Schmerz und vor allem Verwirrung ist. Und letztendlich, dass die eigene Existenz nicht so stabil ist, wie wir anfangs glaubten. Denn spontan bricht sie zusammen und was uns dabei quält ist nicht der Zusammenbruch an sich, sondern die Tatsache, dass es meistens keinen anderen Grund dafür gibt, außer: Alles.

Künstler nehmen immer alles persönlich, denn so schaffen sie ihre Kunst.

Manchmal muss man etwas auf eine bestimmte Weise sagen, damit es wahr sein kann. Man könnte zum Beispiel nicht in einer gleichgültigen, unbeeindruckten und monotonen Stimme ein Lob aussprechen und dann behaupten, es sei wahr, nur mit der Begründung, dass der Gelobte sowieso nicht herausfinden könne, ob man es im eigenen Herzen nun so meine oder nicht und dieser deshalb einfach zufrieden sein solle. Doch funktioniert es wirklich so? Gibt es eine universelle Wahrheit, die sich nach der eigenen Gesinnung richtet, nach der eigenen stillen Entscheidung? Und noch wichtiger: Was ist wichtiger? Dass man die Wahrheit spricht oder dass man es wie die Wahrheit anhören und anfühlen lässt. Ich glaube, auch wenn es mir persönlich missfällt, es gibt in solchen Momenten nur eine Wahrheit, eine zwischenmenschliche Wahrheit, eine Wahrheit die auf Gefühl und Empfindung basiert. Und wenn die angesprochene Person meint, die Lobpreisung käme nicht ehrlich und authentisch rüber, so liegt es nicht bei uns zu entscheiden, ob dies so ist oder nicht. Die einzige Wahrheit, die geltende Wahrheit, liegt hier in der Tat in der Tat und unsere einzige Chance sie auszusprechen liegt somit in der Aussprache selbst.

Einfach mal auf Durchzug schalten. Einfach mal sorglos sein. Sich einfach mal nur auf sich konzentrieren. Nur nicht zu nett sein, denn das bedeutet, zu vorsichtig sein, und das bedeutet, unehrlich erscheinen. Es reicht schon, sich selbst zu sein. Es reicht schon, für das eigene Glück zu sorgen. Man braucht sich nicht um das aller anderer zu kümmern. Wenn man sich selbst glücklich machen kann, dann ist schon viel geschafft und dann wird das schon positiv zur Atmosphäre beitragen. Die anderen sind selber groß. Die anderen müssen selber wissen, was sie wollen. Die sind viel glücklicher mit einem, wenn man weiß, was man will. Es gibt keine falschen Situationen, keine besseren und keine schlechteren. Jeder muss mit jeder Situation klarkommen. Höre nicht auf die verheerende Suggestion deines verunsicherten Unterbewusstseins, welches dir weißmachen möchte, woanders wäre es so viel besser, so viel aktueller, so viel richtiger und du tätest hier irgendetwas falsch. Und pfeif auf die Menschen, die so denken. Was für Langweiler, was für ferngesteuerte und eingeschränkte Marionetten! Jetzt ist jetzt und hier ist hier, und wer nicht das Beste aus der Gegenwart macht, der wird nie das Beste erleben. Verschiebe den richtigen Zeitpunkt nicht in die Zukunft. Mache die Zukunft nicht zum Tresor, in dem du all deine Wünsche wegschließt. Das Denken ist vorbei, jetzt ist Leben angesagt! Wer weiß schon, was er tut? Wer hat schon das Recht zu sagen, was richtig und was falsch ist? Einfach mal keine Sorgen mehr machen. Einfach mal auf Durchzug schalten. Da kommen Sor-

140

gen an? Geradeaus weiterfahren bitte! In das eine Ohr rein – kein Zwischenstopp – aus dem anderen wieder raus...

Die erwachsensten Menschen, die es gibt, sind Jugendliche. Denn wenn sie älter werden und ihnen mehr Pflichten und Rechte zukommen, denken sie, dass sie erwachsen werden müssen und spielen zum ersten Mal erwachsen. Jugendliche, die erwachsen werden, sind auch sehr ernste Menschen. Zu schnell wollen sie die Kindheit hinter sich lassen, zu schnell wollen sie die Dummheiten der bereits Erwachsenen nachmachen. Sie blicken auf die Erwachsenenwelt aus sicherer Entfernung und halten sie für sehr ernst, sehr wichtig und sehr sinnvoll. Die tatsächlichen Erwachsenen sind nur Kinder, Kinder die den Fehler des Erwachsenwerdens bitter bereuen. Kinder die eigentlich nur spielen und glücklich sein wollen. Kinder in Erwachsenenuniform, die ihren jugendlichen Vorgänger verfluchen für dessen Beflissenheit bei der Entwicklung vom Kind zum Schauspieler. Erwachsene gibt es nicht. Es gibt nur Kinder, Kinder und Schauspieler.

Lob.– Mit Lob ist es so eine Sache. Es gibt zwei Arten von Lob. Lob aus Liebe und Lob aus Anerkennung aufgrund einer Leistung. Ein Lob aus Liebe kann von jedem kommen und an jeden gerichtet sein. Es ist ganz egal um welche Leistung oder Errungenschaft es sich handelt. Das Lob aus Liebe bezieht sich nicht wirklich auf den vermeintlichen Gegenstand des Lobes, sondern vielmehr auf die Courage der gelobten Person überhaupt irgendwas in und aus ihrem Leben zu machen. Ein Lob aus Liebe zu erhalten fühlt sich immer toll an und kann eine großartige Motivation und ein wirkungsvoller Selbstwert-Booster sein. Nun zum Lob aus Anerkennung: Dieses Lob bezieht sich immer und ganz explizit auf eine bestimmte Leistung, eine Handlung, eine Tat, oder eine Errungenschaft. Vielleicht ist es ein positiver Kommentar zu einem schriftlichen Werk oder eine mündliche Lobpreisung nach einer Aufführung. Hier kommt es nun sehr wohl darauf an, wer das Lob ausspricht und an wen es gerichtet ist. Damit eine Person eine Leistung in einem bestimmten Feld loben kann und dieses Lob vom Angesprochenen auch wirklich ernst- und angenommen wird, muss diese Person selbst in diesem Feld tätig und Experte sein. Andererseits wird der Gelobte dieses Lob als unzulänglich und unbedeutend abtun oder es als reines Lob aus Liebe empfangen. Noch besser wäre es, wenn der Lobende in diesem Feld bewandert und geachtet ist und sogar noch über dem Gelobten steht. Denn dann kann der Lobempfänger davon ausgehen, dass der Lobende weiß, wovon er spricht und wahrscheinlich schonmal selbst in dieser oder einer ähnlichen Situation gewesen ist. Bekommt man stattdessen ein auf eine Leistung bezogenes Lob, von einer in diesem Gebiet unerfahrenen Person, so kann man sich nicht helfen, dieses Lob aufgrund des Mangels an Expertise nicht wirklich zu schätzen und anzuerkennen. Also: Ein Lob aus Liebe geht immer (wenn es von Herzen kommt und ehrlich gemeint ist). Ein Lob aus Anerkennung sollte von einer zumindest ebenbürtigen Person stammen, andererseits wird es nicht ernstgenommen werden.

Mach die Tür auf, geh raus, schau dich um. Siehst du da irgendeine der Sachen, die dich aufregen und fertigmachen? Siehst du da deine großen Feinde und Ideen? Wenn ja, dann warte noch eine Weile, geh ein paar Schritte, atme tief ein und aus und vielleicht wirst du plötzlich wieder klarer sehen, und die Realität vor dir sehen, wie sie ist und bleibt, nämlich gleichgültig und langsam und real, nicht hitzig und schnelllebig und ein einziges Schlachtfeld wie in deinem Kopf. Schau in die Ferne und schau in den Himmel und schau an dir herab. Das bist du, du inmitten dieser ganzen Wirklichkeit. Und nun sei Teil der Wirklichkeit, indem du das genaue Gegenteil tust und einfach mal Nichts versuchst zu bewirken.

Wir leben in einer ständigen Illusion der Vertrautheit. Unser Geist braucht eine Menge Eckpunkte, an denen er sich festhalten kann, um nicht zu einem Strudel aus zufälligen Assoziationen zu werden. Dieses Haus, dieser Baum, dieses Auto kenne ich, die habe ich schonmal gesehen. Diesen Weg, diese Person, diese Uhrzeit kenne ich, die habe ich schonmal erlebt. Ich bin nur fünf Minuten von Zuhause entfernt, übermorgen kommt meine Familie zu Besuch, in acht Stunden wird es hell, in vier Wochen mache ich Urlaub. All diese Umgebungsdaten und Zeitangaben kreieren ein Gefühl der Geborgenheit und Gelassenheit. Doch tatsächlich sind wir doch allein, wenn wir alleine sind. Und wir wandern über diesen Planeten in vollkommener Einsamkeit und nichts ist uns wirklich bekannt und nichts ist wirklich sicher, nichts muss so passieren, wie wir es erwarten. Doch diese Realisation wäre auf Dauer zu viel für unseren Geist, also leben wir lieber in einer Traumwelt aus Zusammenhängen und Gründen und sicheren Instanzen: Vor meinem Haus in meiner Stadt steht mein Auto, und meine Familie ist mit mir auf besondere Weise verbunden, und sie sind nicht einfach irgendwelche Menschen, sind sie nicht, sind sie nicht.

Die Unerklärlichkeit der Natur.– Weshalb genießen wir es zu wandern? Warum hat das Streifen durch die unberührte Natur etwas Seelenheilendes an sich? Genauer: Das Be-

145

trachten der Natur. Das Schweifenlassen unserer Augen über Büsche, Bäume und Bäche. Ich glaube, es hat etwas mit der Selbständigkeit der Natur zu tun, mit ihrer Unerklärlichkeit. Sie hat dieselbe Wirkung auf uns wie Kunst. Ein Kunstwerk, ein reines Kunstwerk, hat erstmal keinen deutlich ersichtlichen Nutzen oder bestimmten Grund. Es gibt also keinen Grund für seine Existenz und diese hat direkt auch keinen Nutzen (rein pragmatischen gesehen). Dieses Kunstwerk wurde einfach so von einem Künstler da hin gestellt und bleibt deshalb dahingestellt. Es kam sozusagen aus dem Nichts. Genauso ist es mit der Natur, mit allem, was nicht menschengemacht ist. Denn so ziemlich alles, mit der Ausnahme von Kunst, was von Menschen hergestellt wird und wurde, erfüllt einen bestimmten Zweck, hat einen eindeutigen Nutzen. Natürlich, andererseits wäre es ja nutzlos. Ein Tischler fertigt auf Bestellung einen Schrank an, in diesem können allerlei Dinge verstaut werden. Ein Konditor backt auf Wunsch einen Kuchen, dieser kann gegessen werden. Es ist also tatsächlich sehr ungewöhnlich, dass etwas Menschengemachtes

146

keinen konkreten Nutzen hat. Es ist komisch, es ist verdächtig, letztendlich fast schon beunruhigend. Denn weshalb sollte man etwas herstellen, dass zum Überleben nicht beiträgt, dass aber in der Herstellung Energie und Zeit beansprucht. Deshalb ist Kunst unnatürlich, und man müsste schon verrückt sein, Künstler zu sein. Doch andererseits ist sie auch wieder sehr natürlich, dazu komme ich jetzt.

Die Verbindung von Natur und Kunst: In der Kunst gibt es immer einen Urheber der Kunst, einen Künstler. Jener Mensch eben, welcher etwas ganz ohne Sinn und Nutzen erschafft und es einfach in den Raum stellt. In der Natur ist es nun so, dass alles einfach im Raum steht. Will ich damit sagen, es gäbe keinen Schöpfer der Natur? Ich will es weder leugnen noch behaupten. Wir wissen es nicht, und wir wissen auch nicht welchen Nutzen die Schönheit der Natur hat. Wir wissen natürlich, welchen biologischen Nutzen alle Pflanzen und Tiere haben, doch darum geht es nicht. Wir wissen, dass die Natur ist, doch nicht warum sie so ist, wie sie ist. Und wenn wir sie betrachten, so erkennen wir keinen Zweck, keine Funktionsweise, keine Anwendungsmöglichkeit, kein Herstellungsverfahren, keine Einzelteile und Rohstoffe aus denen sie zusammengesetzt wurde. Wir sehen kein handwerkliches Geschick oder können zumindest nicht beurteilen, ob es da ist, oder nicht. Die Natur ist, wie sie ist, immer schön. Und das verstehen wir sofort, das versteht sich von selbst. Doch darüber hinaus wissen wir nichts. Nun fängt, wie bei der Kunst, das Reagieren und Interpretieren an. Doch diese einzigartige, beruhigende Wirkung, welche das Betrachten der Natur auf uns hat, kommt daher, dass wir nichts verstehen müssen, da wir nichts verstehen können. Wir sehen einen Baum, nichts weiter. Wir können ihn nicht runterbrechen, nicht gedanklich zerlegen, nicht kritisieren oder loben, nicht analysieren oder auswerten. Wir können ihn ausschließlich und lediglich betrachten. Während der Verstand noch versucht zu verstehen, haben sich Augen und Herz bereits geöffnet. Somit ist die Natur ein unschlagbares Kunstwerk, ein Kunstwerk, so großartig, dass es sich selbst erschafft und für sich in sich ist – und einfach nur ist.

148

Alleine Musik hören.– Seit Anbeginn des digitalen Zeitalters wurden schon viele Lieder zu bloßem Hintergrundgedudel herabgesetzt. Musik zu hören war einst ein Event, eine Erfahrung, die Hauptattraktion. Jetzt ist es nichts anderes mehr als ein weiterer alltäglicher Konsumakt. Ich mag es nicht wirklich, Musik gemeinsam zu hören. Fährt man zusammen im Auto, so muss das Radio laufen, auf der Party muss es selbstverständlich Mucke geben, sogar wenn man für die kürzeste Zeit einfach nur zusammensitzt, kommt immer gleich ein Held auf die Idee, die unangenehme Stille mit etwas Musik zu brechen – was für eine Schande! Dieser intime Moment, verschwendet. Ich mag es nicht, Musik mit anderen zu hören. Manche finden in der Musik gegenseitige Bestätigung. Indem sie in einen gemeinsamen Gesang einstimmen, können sie sich einer geteilten Kultur zugehörig fühlen. Allgemein wird Musik in der Jugendzeit zum Ausdruck einer Kulturzugehörigkeit. Musik wird sehr wichtig, sie wird mehr als nur Unterhaltung, sie wird zur Ausdrucksweise und zur Möglichkeit der Differenzierung, sie wird zur eigenen Lebensweise. Doch das wird sie nur, wenn man es zulässt. Man kann natürlich weiterhin vernünftig bleiben und die eigene Musik als Unterhaltung ansehen, während man offen bleibt für andere Genres. Doch wie gesagt: Ich mag es nicht, Musik gemeinsam zu hören. Ich kann überhaupt nichts damit anfangen. Tatsächlich ruiniert mir das die besten Lieder. Denn sobald man in einer Gruppe (oder einfach nur zu zweit) Musik genießt, verändert es die eigene Wahrnehmung und damit die Bedeutung und Qualität der Musik. Ich habe das Gefühl, dass die Gegenwart anderer Menschen die eigene Auffassung der Realität – und damit auch die der Musik – auf ein Mittelmaß bringt, weniger subjektiv macht und an die der anderen anpasst. Und dadurch verlieren meine Lieblingslieder leider ihren letzten, feinsten Schliff. Diesen Schliff, welcher mir ihre einzigartigen Melodien zum Genuss werden lässt. Diese subtile und sublime Klangnuance ertönt mir nur in der Einsamkeit, wenn ich in rein subjektiver Wahrnehmung schwimme, also von meiner Welt umgeben bin. Ich habe das Musikhören immer für etwas sehr

Persönliches und Feinsinniges gehalten. Man hat so seine Lieder, bei denen man das Gefühl hat, sie sprächen direkt zu einem und genau über das eigene Lebensgefühl. Wenn man diese Lieder nun in der Öffentlichkeit hört, findet eine Art Realisation statt. Denn die Melodie wird plötzlich geteilt, und ist nicht mehr ausschließlich subjektives geistiges Eigentum. Die Hochs und Tiefs, das Hin-und-her, alle Klänge der Musik, sie werden zerschnitten und an die vielen Hörer verteilt. So verliert die Musik ihren schönsten, feinsten, und persönlichsten Klang. Also mag ich es nicht, mit anderen Menschen gemeinsam Musik zu hören. Ich tue es natürlich trotzdem. In verschiedenen Situationen hat Musik verschiedene Nutzen und Bedeutungen. Für das Beisammensein hat man dann vielleicht eine Liste an leichtverdaulichen Spaßmacherliedern, irgendetwas allgemein anerkanntes und immer gern gehörtes. Doch auch hier ist es schade, die Musik dazu zu bestimmen, Hintergrundgeplätscher zu sein. Aber naja, Opfer müssen erbracht werden. Ich glaube jeder Mensch hat zwei Listen von Liedern. Eine, welche die leichtherzigeren und anerkannteren Lieder enthält, diese kann geteilt werden und hat für die Person keinen allzu großen persönlichen Wert. Und eine, welche für immer privat bleibt, da sie die persönlichsten und subjektivsten Favoriten enthält. Lieder, so nah am Herz und Seele der Person, dass diese Angst hätte sie zu veröffentlichen, da sie fürchtet, dadurch auf fundamentalster Ebene enttarnt, durchschaut und erkannt zu werden. Das ist natürlich eine Illusion. Anderen Menschen würden diese Lieder wie gewöhnliche Lieder vorkommen, da sie nicht den gleichen subjektiven Bezug zu ihnen haben (das zu erkennen wäre für die Person aber auch eine Entzauberung und ein schwerer Schlag). Nichtsdestotrotz bedeuten diese Lieder der Person sehr viel. Diese Lieder ertönen nur in den stillsten und heiligsten Momenten. Würden sie gemeinsam gehört werden, so wäre ihr Zauber schnell entschwunden. Ganz aus Prinzip finde ich, sollte weniger Musik gemeinsam gehört werden. Wir ruinieren uns noch die Freude an der Musik und verlieren das Bewusstsein für ihre Bedeutung, wenn wir nicht aufpassen. Auf der anderen Seite möchte ich jede Seele dazu ermutigen, die schrägsten und experimentellsten Lieder zu hören – ganz allein, denn es geht nur ganz allein. Nichts ist zu übertrieben oder untertrieben, nichts zu persönlich oder subjektiv um das eigene Lebensgefühl widerzuspiegeln.

Ich glaube daran – muss daran glauben – dass es immer sinnvoll und fördernd ist ein Buch zu lesen. Denn unterbewusst bleibt etwas hängen, auch wenn man nach dem Lesen nicht fähig sein sollte den genauen Inhalt des Buches wiederzugeben. Vielleicht wird das Gelernte auch wieder aktiviert, sobald man es in einer Diskussion braucht. Letztendlich schult das Lesen immer die Wortgewandtheit. Und wäre nicht einmal das wahr, so wäre Lesen nichts Weiteres als einfache Unterhaltung und von ihr nicht zu unterscheiden – dann wäre Lesen völlig sinnlos.

Manche Menschen polstern ihre Meinungen so geschickt, dass man ganz genau hinsehen muss, um die Stacheln zu erkennen.

Auf natürliche Weise sind fast alle fiktiven Werke weit von der Realität entfernt. Selbst die Werke, welche sich mit dem Attribut „realistisch" schmücken, sind selten wirklich realistisch. Das nüchterne Leben wäre, auf Papier gebracht, so trocken und staubig, dass der Leser husten müsste. Wer es schafft, das zu schreiben – Gratulation. Wer es schafft das zu lesen – Respekt!

Manchmal ist einem geistig ganz schlecht. So schlecht. Da liegt oben alles flach und flau und man will sich einfach nur noch gedanklich übergeben, will eigentlich einen Miniselbstmord begehen. Denn kotzt man den kranken Geist heraus, dann nur, damit nichts mehr Krankmachendes übrigbleibt, damit man schnellstmöglich gesund werden kann. Gesundwerden bedeutet in diesem Fall leerwerden – nicht-werden.

Eine kleine Theorie. – Ich glaube in der Kunst gibt es eine Art metaphysisches Prinzip dessen Einhaltung darüber entscheidet, ob es einem Künstler gelingt, etwas tatsächlich Sublimes oder Bewegendes zu schaffen, oder nicht. Das Leben ist keine einfache Sache, so viel steht fest. Das Leben ist voller potentieller Erreger für diverse Gefühle und Stimmungen. Und solange es ein Mensch ist, der dieses Leben lebt, solange wird es auch voll von Freude sein und voll von Schmerz, Liebe, Einsamkeit, Sinnlosigkeit und Bestimmung. Und ganz egal, was wir verändern, was wir abschaffen und einführen, solange der Mensch Mensch ist, wird sich an diesem Umstand nichts ändern. Und deshalb glaube ich, muss Kunst, um authentisch zu sein, immer das Leben widerspiegeln. Ganz allgemein muss jede Darstellung des menschlichen Lebens treu zum Original sein, andererseits wird nur eine Utopie dargestellt. Gerade Musik, da sie sich bewegt, verändert und verläuft wie ein Fluss aus Gefühlen, muss im Ganzen immer das Leben nachspielen, das ganze Leben, mit allem Drum und Dran. Die Musik braucht also leichte Stellen und schwere, lustige und traurige, hohe und tiefe, angenehme und ab und zu auch unangenehme. Denn was passiert mit einer angenehmen Stelle, wenn ihr eine unangenehme vorangeht? Sie wird noch genüsslicher und verbleibt uns positiv im Gedächtnis, anstatt nach wiederholtem Hören anzufangen, nervig zu werden. Diese Voraussetzung muss erfüllt sein, um Kunst zu schaffen. Andererseits erschafft man bloß Unterhaltung oder vereinzelte endgültige Emotionen. Es gibt heutzutage viele Popsongs, die genau das machen. Sie sind immer aufbauend und motivierend und bleiben bis an ihr Ende positiv, mit ständigen Wiederholungen über ihren Verlauf. An sich ist daran nichts auszusetzen, doch wann immer ein Werk ausschließlich toll, schön, nett, positiv, hübsch oder befriedigend ist, kann es zwar sehr erfolgreich sein, aber niemals Kunst. Die Kunst fängt dort an, wo man plötzlich über eine Ungereimtheit stolpert, wo man vom Leben gekitzelt wird, wo man auf einmal von Schmerz überrascht wird, obwohl man sich eigentlich in reine Freude flüchten wollten. Denn das Leben ist nicht immer fröhlich und es ist nicht immer positiv. Es ist aber auch nicht immer schmerzhaft oder negativ, es ist beides und noch viel mehr. Und wenn ein Werk es schafft, das authentisch wiederzugeben, wenn es so nahe an die menschliche Erfahrung herankommt, wie

156

nur möglich, dann – und nur dann – darf es sich Kunst nennen. Alles andere ist nur Utopie.

Böse. – Können wir bitte aufhören, grausame und gewaltvolle Menschen als „böse" zu bezeichnen? Was ist das hier, ein Märchen? Gibt es zwei Fraktionen, die Guten und die Bösen? Sind alle Menschen, die anderen Menschen Leid zufügen, von Grund auf böse, von innen verdorben und einfach teuflisch? Ja, das hättet ihr wohl gerne, das wäre eine einfache Antwort, ein weiteres Beruhigungsmittel. Wie wäre es damit: Wir stellen uns der Realität und sehen Attentäter, Gewalttäter, Straftäter und alle anderen Täter als Menschen an! Na, dämmerts schon? Wird die Sache da nicht plötzlich um einiges unangenehmer, verstörender und schrecklicher? Versetzt euch mal in das Denken eines Mörders hinein. Was treibt einen Menschen dazu, was muss passieren, bevor ein Mensch einen anderen umbringt? Und es kommt wirklich vor, nicht nur in den Nachrichten, sondern überall – jeden Tag! In so einer Welt leben wir, müssen wir uns trauen zu leben. Und deshalb will ich nie wieder einen Sprecher von einer „bösen" Tat, von einem „bösen" Menschen sprechen hören. Verharmlost es nicht so! Dieser Mensch ist kein böser Dämon, hat keinen Pakt mit dem Satan geschlossen, ist kein Superschurke, kein Widersacher aus einem Agentenfilm. Es ist ein Mensch, ein echter Mensch wie du und ich. Und irgendwas hat diese arme Seele zu dieser Tat getrieben. Und genau so hätten wir zu dieser Tat getrieben werden können, wären die Umstände entsprechend gewesen. Jeder Mensch ist zu Gräueltaten fähig, sogar dein lieber Nachbar. Aber daran wollen wir nicht denken, so wach wollen wir dann doch nicht sein. Lieber tun wir das Ganze als „böse" ab. Was für ein Witz, was für eine riesenhafte Lüge! Eine Lüge, die immer wieder dazu eingesetzt wird, Nationen gegeneinander aufzuhetzen und Gesellschaften zusammenzuhalten. Wir gegen die. Die Guten gegen die Bösen, die Helden gegen die Schurken. Gewalttaten sind nicht „böse", sie sind schrecklich und grausam und menschenverachtend, also bezeichnet sie auch bitte so. „Böse" – ein böser Witz!

Nur allzu oft tarnen sich Zynismus und Borniertheit als Vernunft, auch bei einem selbst. Es ist wirklich schwer diese beiden Giftzwerge loszuwerden. Doch man muss sie enttarnen und aus dem Lebenskonzept schmeißen!

Ist es nicht absurd, dass wir Wörter wie „Frieden" haben? Wörter, die so viel zusammenfassen, die so viel bedeuten, dass sie schon fast nichts mehr bedeuten. Wörter die von jedem zu jeder Zeit zu jedem Zweck in den Mund genommen werden können. Ist es wirklich vorteilhaft, dass wir solche Wörter haben. Sollten wir solche Wörter haben?

Wie verrückt wäre es, einem anderen Menschen für das eigene Überleben zu danken? „Du hast mein Leben gerettet!" Was für ein komischer, merkwürdiger, unechter Satz. Nicht ernst zu nehmen, diese Phrase, reinstes Hollywood! Man redet über das Leben als sei es ein Ding: „Mein Leben – du hast es gerettet!" Wenn dich jemand vor dem Ertrinken rettet, dich wiederbelebt, deinen Suizid vereitelt, dann rettet er nicht dein Leben, dann rettet er dich! Warum ist man so unverschämt, so undankbar und unehrlich: „Mein Leben: Ein Leben." Es sollte eher sein: „Du hast mich gerettet!" Doch darüber wollen wir nicht nachdenken, so weit wollen wir nicht gehen. Dieser schrecklichen Realisation wollen wir keinen Eintritt in unseren Geist gewähren. Die Realisation, dass eine einzige menschliche Tat zwischen uns und dem Tod stand, dass ein anderer Mensch tatsächlich unsere Nichtexistenz abgewendet hat. Das kann nicht sein, nein, das kann niemals sein! Warum sollte ich mich bedanken, wenn es nicht wahr ist? Warum sollte ich mich bedanken, wenn es selbstverständlich ist? Diese Angelegenheit ist viel zu ernst und viel zu intim. Was soll ich tun? Meinem Retter um den Hals fallen und ihn küssen? „Danke, dass du Held mich Dummerchen vorm Väterchen Tod gerettet hast. Ist ja gerade nochmal gutgegangen!" Nein, so geht das nicht. Wenn dich jemand vor dem Tod rettet, dann wird eine unangenehme Stille herrschen, denn du wirst dich schämen. Wirst realisieren, dass eine andere Person alle Macht über dein Leben hatte, alle Macht über dich! Es wird sehr schwer sein, dieser Person in die Augen zu schauen.

160

Und immer wieder verurteilen wir Menschen dafür, dass sie nicht genau so sind wie wir. Fragen uns, weshalb sie die Dinge so tun, wie sie sie tun, wollen sie zur Rede stellen – sie sollen sich rechtfertigen! Warum tust du das? Welcher Grund steckt dahinter, welche Absicht, welche bösartige Ideologie? Was ist dein Motiv und was dein Ziel? Letztendlich ist es bei jedem Menschen dasselbe ausreichende Motiv und mit Sicherheit dasselbe legitime Ziel: Sich selbst zu sein.

Ich glaube, alle Menschen haben einen guten Kern mit einer bösen Oberfläche. Deshalb ist es auch viel leichter, gemein, verletzend oder unerträglich zu sein, denn das bedeutet oberflächlich zu sein. Um zum guten Kern einer Person vorstoßen zu können, braucht es viel Liebe, Geduld und den Glauben daran, dass dieser Kern existiert – in jedem.

Musik.– Musik ist ein Ersatz für mich. Sie übernimmt für mich das Fühlen und Leben. Sie löst den Stoff der Welt auf und verwandelt ihn in einen erträglicheren Zustand. Sie ist eine Welt in sich, eine schönere, perfektere Welt mit eigenen Abenteuern und einem eigenen Sinn. Sie ist Abenteuer und Abenteurer zugleich und beides bin ich. Sie überdeckt die Gefühle, welche ich aus der anderen Welt mitbringe, mit einem Tuch aus funkelnden Sternen. Sie tauscht die Gefühle, welche ich aus der grauen Welt mitbringe, aus und ersetzt sie mit deutlicheren, intensiveren Farben. Ich bin nicht der Sänger, bin nicht die Melodie und nicht der Liedtext, doch ich bin die Musik, bin in der Musik. Und wenn ich in der Musik bin, so ermöglicht mir das ein Leben ganz ohne Denken. Denn die Regeln der Musikwelt sind andere, sind wunderbar einfache Regeln. Der Strom der Melodie reißt mich mit und ich verfolge ihn, bis er sein natürliches Ende erreicht, an dem ich wieder in die kalte Wirklichkeit ausgesetzt werde. Denn das ist die Realität, in der ich lebe, und das ist der Horror des Lebens. Doch nicht in der Musik. Nein, in der Musik bin ich frei. Denn in der Musik muss ich nicht länger ich sein, kann ich eine Auszeit von mir selbst nehmen. Die Musik tanzt für mich, die Musik übernimmt für mich das

162

ewige Streben und strickt sich ihren eigenen Sinn, während ich zuschauen darf. Die Musik setzt sich ihre Ziele, erreicht sie, verwirft sie und steckt sich wieder neue. Doch darin ist die Musik um einiges eleganter und besser als ich es jemals sein könnte, als es irgendein Mensch jemals sein könnte. Ich nehme gerne alles aus der Musik mit: ihre Hoffnungen, ihre Aggressionen, ihre süßen Versprechen und ihre Prophezeiungen. Denn Musik ist ein Ersatz für mich. Und während meine Augen noch immer sehen und meine Gedanken noch immer springen, legt mir die Musik ein warmes, weiches, dunkles Tuch über mein Bewusstsein, sodass es sich für kurze Zeit nicht mehr selbst sehen muss. Dann geht die Reise los, in tiefe Täler und auf helle Hügel. Und ich ziehe gerne mit, koste die Freude und den Schmerz – aus sicherer Entfernung. Denn die Musik übernimmt für mich das Fühlen und Leben, und sie ist so viel intensiver als das Leben. Das Leben sollte mehr wie Musik sein, das weiß jeder, das wünscht sich jeder. Während ich Musik höre, schrumpft die Welt auf die Wogen und Wellen der Melodie zusammen und die Einsamkeit und Dunkelheit wird für kurze Zeit weit in den Hintergrund gedrängt. Ich unterlege mein Leben mit Tönen höchster Freude, verscheuche das gespenstische Hintergrundrauschen. Denn Musik ist stärker als Materie, sie unterwirft die Welt wie ein siegreicher Feldherr und ich schaue ihr dabei zu, bewundere sie und jubele ihr zu. Während sie spricht, muss die Welt schweigen. Während sie spricht, muss auch ich schweigen, aber ich schweige schon freiwillig und achte aufmerksam darauf, wie Leben sein kann. Selbstverständlich schweige ich, immerhin verrät mir die Musik ihre Geheimnisse. Für eine kurze Zeit verlasse ich mein Leben und steige in ein anderes ein, ein viel bunteres und klareres Leben. Denn Musik ist ein Ersatz für mich, sie lässt mich träumen und einfach mal nur sein.

Der Schwimmer.– Er war ein Schwimmer. Gerne ging er wochenends ins Hallenbad. Schwimmbrille auf, zwanzig Bahnen schwimmen, zwei Bahnen tauchen. Das erfrischt, macht den Geist frei, während es den Körper kühlt. Doch nicht nur im Wasser schwamm er,

164

auch in der Einsamkeit. Er war professioneller Seelentaucher. Täglich unternahm er Expeditionen in seine eigenen Tiefen. Dort unten in der Dunkelheit fand er allerlei interessante Gedanken und Spiegelungen. Oft wunderte er sich darüber, was die Menschen an der Menschenwelt fanden, er lebte sehr viel lieber in seiner Welt. Mit angehaltenem Atem trieb er schwerelos unter der Oberfläche seines Bewusstseins. Er hätte ewig ins Nichts starren und poetische Interpretationen seiner Seelenregungen anstellen können. Doch irgendwann kommt immer das aufdringliche Leben angepaddelt und schmeißt ihm den Rettungsring des grellen Morgens und bitteren Erwachens an die Stirn. Mit Pflichtgefühl und großem Eifer zieht es ihn an den Strand der Realität zurück. Es würde ihm das Ertrinken nie erlauben...

Haarschnitt des Selbstbewusstseins.– Selten fühle ich mich so selbstbewusst, wie wenn ich mit einem neuen Haarschnitt vom Friseur komme. Doch nicht selbstbewusst im Sinne von Selbstsicherheit. Gemeint ist das reflektierte und aufmerksame Beobachten der eigenen Person und des eigenen Verhaltens, des eigenen Selbst. Somit bin ich also selbst-bewusst. Nichts objektiviert mich mehr als ein schicker neuer Haarschnitt. Ich laufe an den Menschen vorbei und bei jedem Schritt hüpft der Seitenscheitel auf meinem Kopf und eine Strähne des Haares kitzelt mich auf der Stirn, mich daran erinnernd, dass sie zu der neuen Frisur gehört, die ich mir soeben zugelegt habe. Und ich denke darüber nach, wie ich mit dieser brandneuen Haarpracht wohl auf andere wirke, wie diese wohl mein Aussehen wahrnehmen. Ich bin so selbst-bewusst, dass ich über jeden Schritt nachdenken muss und mir über die Positionierung aller meiner Gliedmaßen Gedanken mache. Ich bin so beschäftigt mit der korrekten Ausführung meiner Gebärden, dass ich mich gar nicht aufs Denken konzentrieren kann, all meine Aufmerksamkeit liegt bei meinem Äußeren. Ich schlüpfe ein bisschen aus meiner Rolle heraus und beobachte die Situation aus der Ferne. Ich kann mich mir ganz genau als Objekt im Leben anderer Menschen vorstellen, überlege mir, wie es sein könnte,

166

an mir vorbeizulaufen. Ich sehe mein eigenes Abbild vor meinem inneren Auge. Tatsächlich gleicht diese Wahrnehmung eher weniger jener der Menschen um mich herum. Denn für sie bin ich einfach nur eine weitere Person, die an diesem Tag ihren Weg kreuzt, für sie bin ich niemand besonderes, ihnen erscheint meine Frisur nicht als neu, es ist die erste Frisur, mit der sie mich sehen, die einzige Frisur die ich - für sie - jemals gehabt habe. Das zeigt wieder die Verzerrung in der Wahrnehmung der eigenen Person aus der Perspektive dieser Person und der Außenstehender. Ich, für meinen Teil, bin immer wieder erleichtert, wenn sich meine „Frisur" nach einiger Zeit in „meine Haare" zurückverwandelt, und ich dieser selbst-objektivierenden Entrücktheit entkomme, worauf hin ich wieder zurück in meine Subjektivität sinken kann. Nichts erinnert mich mehr an meinen Objektstatus in der Welt anderer Menschen, wie dieses haarsträubende Blinklicht auf meinem Kopf!

Jemand meinte einmal, ich wirke auf ihn nicht wie jemand der eine gefestigte Persönlichkeit habe. Erst hat mich das gekränkt, hat mich wirklich hart erwischt und schwer beschäftigt. Ich dachte mir, ich würde mich einige Jahre lang weiterentwickeln und dann wieder mit der Person darauf zusprechen kommen. Bis heute habe ich das nicht getan. Ich habe es auch gar nicht mehr vor. Mein Ziel hat sich inzwischen geändert, nun habe ich das Ziel, kein Ziel zu haben. Ich bin nicht der Einzige, der keine gefestigte Persönlichkeit hat, aber ich bin vielleicht einer der wenigen, die nicht vorgeben eine zu haben, einer der wenigen, die keine Lust darauf haben, die selbsterteilte Rolle zu spielen. Mitten im Gespräch kann mein ganzer Charakter vor deinen Augen zusammenbrechen und plötzlich bin ich nicht mehr der souveräne junge Mann, sondern ein verängstigtes Kind in Mannsgestalt. Doch so soll es bleiben, so muss es bleiben. Ich bleibe für immer undefinierbar und ungreifbar, auf dass meine Persönlichkeit darin bestehe immer wieder zu zerbröckeln und sich neu zusammenzusetzen, sich immer wieder zu verändern und nie eine zu sein! Aber ist das nicht auch viel vorteilhafter, als einen statischen Charak-

168

ter vorzugeben? Wie kann sich jemals etwas in deinem Leben verändern, wenn du nicht zulässt, dass du dich veränderst. Klar, andere Menschen haben es gern, wenn sie dich und deine Taten immer vorhersehen und einplanen können, doch das bist du ihnen nicht schuldig. Genauso, wie du dir nicht schuldig bist, dich selbst in einer immergleichen Menschenhülle gefangen zu halten. Menschen mit „Prinzipien", Menschen mit „Werten" und „Überzeugungen" tendieren oft dazu, zu einer starren Menschengestalt zu werden, sich in eine versteinerte Statue zu verwandeln. Täusche dich nicht selbst! Oft sind diese „Prinzipien" nur Ausreden, sich nicht verändern zu müssen, um so letztendlich Schmerz zu vermeiden. Doch Schmerz wird kommen! In diesem Leben ganz bestimmt. Weshalb also nicht den Schmerz überraschen, anstatt sich vom Schmerz überraschen zu lassen? Wer es zulässt, dass ihn der Schmerz verbessert und umformt, wird immer denjenigen voraus sein, die das nicht tun. Also hinein ins fröhliche Kettensprengen und Grenzüberschreiten! Den eh schon schwankenden Charakter über die Klippe zu stürzen ist eine Kunst, ihn immer wieder neu aufzubauen eine Tugend!

Existenzangst.– Es ist wirklich interessant: Als Kind hatte ich immer die Befürchtung, dass sich jederzeit ein Loch unter unserem Haus auftun könnte, in welches dieses dann in Sekunden abrutschen und verschwinden könnte. Nun, als junger Erwachsener, habe ich diese Angst nicht mehr, doch dafür eine andere, nämlich die, dass meiner Psyche nicht zu trauen ist und dass mein Geist so unberechenbar und fragil ist, dass ich jederzeit verrückt werden und vergessen könnte, wer ich eigentlich bin. Und eigentlich sind diese zwei Befürchtungen die gleiche Sache! Doch als Kind habe ich das Unheilbringende immer außerhalb von mir gesehen, in der materiellen Welt, die mich umgab. Mich selbst hätte ich nie als Ursache für eine solche Pein in Betracht gezogen, denn damals kam ich mir noch ganz und rein und unschuldig und funktional vor. Doch jetzt, als Adoleszent, traue ich mir selbst viel größere Übel zu als der Außenwelt. Doch eigentlich ist die Angst gleichgeblieben, ich nehme sie nur anders wahr. Früher befürchtete ich, dass die Welt um mich herum einstürzen könnte. Heute befürchte ich, dass die Welt in mir einstürzen könnte, und heute weiß ich auch, dass es eigentlich das gleiche ist. Letztendlich ist es die Angst des Menschen vor einem plötzlichen, unverhofften und unerklärlichen Einsturz der eigenen Existenz. Es ist wahrlich existenzielle Angst vom Feinsten: Dass der Mensch trotz all seiner Vorkehrungen, Absicherungen und Bemühungen letztlich immer ohnmächtig dem Schicksal gegenüber bleibt.

Wenn ich schlafe, sterbe ich, und wenn ich sterbe, schlafe ich. Im Schlaf verliert sich mein fleißig angelegtes Selbst, zerbricht in unsäglich kleine und belanglose Einzelteile und löst sich auf im Nichts. Dann weiß ich wieder, dass ich langsam verrotte, dass alles vergebens ist, dass ich niemals fähig sein werde etwas zu erbauen und zu erreichen, denn das Einzige, was es jemals zu erbauen und zu erreichen gilt, ist die Unendlichkeit, und diese ist für den Menschen nun mal unerreichbar. Wir kleinen wundersamen Wesen, wir

Menschenkinder mit Gesichtern und Körpern, mit Träumen und Hoffnungen, die Propheten und Halbgötter werden wollen, die sich das Paradies auf Erden holen und daraus ihr eigenes kleines Imperium schaffen wollen. Wie können wir so töricht sein, ermahnt uns der Schlaf doch jede Nacht. Aufzustehen ist sehr schwer, doch aufzuwachen scheint unmöglich. Ich weiß nicht, wie lange die Menschheit diese Pein schon über sich ergehen lässt: Wir sind alle vollkommen verrückt. Doch ich mag es zu schlafen. Denn wenn ich schlafe, sterbe ich, und wenn ich sterbe, schlafe ich.

Angst.– Alles, was uns in der Farbe der Angst erscheint, ergibt in seiner Gesamtheit die Grenze unserer Welt und Möglichkeiten. Es gibt nun zwei Arten diese Grenze und damit die Angst zu betrachten. Die erste Art wäre, sie als einen Freund und Helfer zu sehen, als einen Indikator, der darauf hinweist, dass eine gewisse Tätigkeit oder Idee, ein Vorhaben oder ein Gedanke, zu weit geht und somit schädlich und gefährlich für unsere körperliche oder geistige Unversehrtheit ist. Die zweite Art wäre genau das Gegenteil: nämlich die Angst als den eigenen größten Feind zu sehen, als einen Wächter, der die Pforte zum Glück versperrt und uns davon abhalten möchte die Grenze unserer Welt zu überschreiten und unser Potenzial zu verwirklichen. Welcher Blickwinkel ist nun der richtige, welcher der falsche? Wie immer ist es keiner von beiden und es ist – wie immer – nicht so einfach. Auch hier kommt es darauf an, die goldene Mitte zu finden, zu erkennen, wann die eigene Angst der Freund und wann sie der Feind ist, wann sie uns beschützen möchte und wann sie uns davon abhält uns selbst zu werden.

Die Busfahrt.– Heute Morgen habe ich mich so gefreut, denn aufgrund eines Sturmes fielen alle Züge aus, weshalb ich auf einen Bus umsteigen musste, das heißt: ich durfte! Denn ich bin so lange nicht mehr eine längere Strecke Bus gefahren, nicht seit der sechsten Klasse, eigentlich. Nun sitze ich im Bus, und das Leben ist gerade so schön! Der Bus durchfährt die Landschaft, wie ich sie schon hunderte Male gesehen habe, doch nur heute kann ich sie endlich einmal wieder genießen. Der Bus, das lange Stahlrohr auf Rädern, ist wie ein großes Tier, ein Drache vielleicht, welches mich auf seinem Rücken reiten lässt. Ich spüre das Holpern der Fahrt und die Unebenheit der Straße in meinem Sitzfleisch, rieche die leicht metallisch schmeckende Luft aus den Schächten der Klimaanlage und beobachte den Busfahrer dabei, wie er pflichtbewusst seiner Berufung nachgeht. Busfahrer fand ich schon immer toll, sie sind einige der ehrenvollsten Menschen, die es gibt. Sie haben es sich zur Aufgabe gemacht, anderen Menschen dabei zu helfen, ihre Ziele zu erreichen – immer wieder, jeden Tag. Ich fühle mich zurückversetzt in meine Kindheit, da ich immer lange Strecken mit dem Bus gefahren bin: zur Schule hin und zurück. Und der Bus war immer ein Ort der Ruhe und Erholung, ein sicherer Ort, entweder vor oder nach dem Sturm. Ich sehe all die Gebäude und Plätze wieder, an denen ich als Kind so oft vorbeigefahren bin. Sie sind alle noch da, nichts hat sich verändert, das ist Heimat. Ich beobachte die Menschen, die zusteigen, vor allem die alten Menschen, die, die vom Leben gezeichnet sind, mit runzliger, ledriger Haut, Falten auf der Stirn und der ein oder anderen Narbe im Gesicht. Es ist wahr: Wir Menschen formen das Leben, doch das Leben formt auch uns. Ich möchte einmal so ein Mensch mit Falten und Narben sein, möchte einmal auch vom Leben gezeichnet sein, denn das wird der Beweis dafür sein, dass ich auch das Leben gezeichnet habe! Noch bin ich jung und frisch und unverbraucht, bin unerfahren, naiv und immer noch etwas kindlich. Und ich bin dabei die Kindheit abzulegen, doch ich beeile mich dabei nicht zu sehr. Und gerade jetzt auf der Busfahrt bin ich wieder Kind, schaue wieder träumerisch aus der verregneten Scheibe und überlege mir, welche eigenartigen Menschen und tiefen Geschichten hinter all den Fenstern und Türen stecken können, an denen ich vorbeifahre...

Genau, wie die Historie nicht statisch ist, sondern mit dem Blick auf die Vergangenheit nicht nur anders wahrgenommen, sondern tatsächlich auch verändert werden kann, so ist auch unsere persönliche Geschichte nicht unveränderlich. Es kommt immer auf unseren gegenwärtigen Gemütszustand an, wie wir unsere eigene Vergangenheit betrachten. Das habe ich nur allzu oft bei mir selbst beobachtet. Wenn man zum Beispiel einen erfolgreichen Tag hatte, mit guten Erlebnissen, trägt man ein gewisses Ende-gut-alles-gut-Gefühl mit sich in den Feierabend, und blickt deshalb auf seine Vergangenheit nicht mehr als eine aus Niederlagen und verschwendeten Momenten bestehende Kette zurück, sondern als eine Aneinanderreihung notwendiger Entwicklungen und Erfahrungen die alle zum gegenwärtigen Moment und Gemütszustand geführt und in gewisser Weise beigetragen hat. Man wird fast – im positiven Sinne – schicksalsgläubig und ist davon überzeugt, dass alles, was man in der vergangenen Gegenwart als ach so schlimm und schlecht empfunden hat, dies in Wahrheit gar nicht ist. Ein gutes Beispiel dafür könnte der erste Kuss sein. Vielleicht hat man sich, bis es passiert, ausgemalt, unfähig zu lieben und zu küssen zu sein. Doch ist es einmal passiert, denkt man sofort man wäre der beste Küsser der Welt. Mit jedem persönlichen Erfolg, den man verzeichnen kann, über-

176

kommt einen neue Hoffnung und neuer Mut, außerdem blickt man immer ein Stück besser auf seine alten Ichs zurück und verzeiht ihnen gewissermaßen. Natürlich kann dieser Effekt auch umgekehrt auftreten. Befindet man sich einmal in einer tiefen emotionalen Senke, mit schlechten Zukunftsaussichten und großem Selbstzweifel, so kann einem die eigene Vergangenheit, und damit die persönliche Geschichte, als einziges großes Versagen erscheinen. Hier ist es nun wichtig, diese Selbsttäuschung zu erkennen und es der Melancholie nicht zu erlauben, die Bilder der Vergangenheit grau zu färben.

Hoffnung. – Hoffnung ist sehr wichtig. Habe den Mut, Hoffnung zu haben. Hoffnung ist nur gut. Keine Sorge, sie wird dich nicht verletzen. Nur, falls du sie falsch behandelst. Also lerne mit Hoffnung umzugehen. Wenn dich also der helle Strahl der Hoffnung trifft, dir das Leben eine Botschaft sendet, eine Botschaft, in der es dir mitteilt, dass alles nicht so schlimm ist und alles gut werden wird, dann glaube daran, dann nimm diese Botschaft an. Glaube daran, dass du noch alles erreichen kannst, dass es für nichts zu spät ist, und dass alles letzten Endes einen Sinn macht. Doch verlange nicht zu viel von der Hoffnung! Nimm sie an, wie der bescheidenste Mensch der Welt ein Geschenk annimmt. Denn die Hoffnung ist ein Geschenk, welches du niemals öffnen darfst! Was auf dem Geschenkpapier steht, das ist die Wahrheit, und da steht nicht mehr geschrieben als: Alles wird gut. Und du darfst das Geschenk nie öffnen wollen, darfst niemals konkrete Erwartung in deinen Hoffnungsschwall hineininterpretieren, darfst nicht zu viel von der lieben Hoffnung verlangen. Denn öffnest du das Paket nach einer Weile, dann wirst du enttäuscht darüber sein, nur Leere vorzufinden. Doch genau damit musst du rechnen. Damit musst du rechnen, wenn die Hoffnung irgendwann abklingt und du das Ergebnis, das Erzeugnis dieser Hoffnung erwartest. Denn dort wird keines sein, die Hoffnung bleibt ergebnislos. Doch sie ist nicht vergebens, ist kein Betrug! Die Hoffnung ist so ehrlich wie sie nur sein kann, sie möchte dir aus deiner schweren Lage helfen, möchte dir etwas Le-

178

bensfreude zurückgeben. Doch das nur im Moment, die Hoffnung ist nur für den Moment! Wenn du sie verspürst, begrüße sie, umarme sie, erfreue dich ihrer, doch mach dich nicht abhängig von ihr, sei bereit sie loszulassen, wenn die Zeit gekommen ist. Und wenn sie dann geht und du dein Geschenk öffnen musst, das schöne Geschenkpapier also aufreißt, dann sei nicht erstaunt darüber, dass dich nichts erwartet, sondern erwarte genau das! Und wenn du dann dasitzt, vor deinem leeren Geschenk der Hoffnung, dann verfluche die Hoffnung nicht dafür, dass sie dich so weit gebracht hat, um dich dann sitzen zu lassen, sondern danke ihr für ihren fürsorglichen und liebevollen Besuch. Wenn du dann dasitzt und in dein leeres Paket hineinsiehst, dann schmunzele, lache in dich hinein und schmunzele über dich selbst, da du ein weiteres Mal töricht genug gewesen warst, zu glauben, dich erwarte ein Goldtopf am Ende des Regenbogens, ein erfüllter Wunsch im Geschenk der Hoffnung. Und erinnere dich dessen: Das Geschenk ist nicht leer, es beinhaltet das gesamte Leben, doch eben nur so, wie es nun mal ist. Denn die Hoffnung belügt dich nicht, sie schenkt dir genau das, was du ohnehin schon erwartet hattest...

Der Totengräber.– Wie lebt es sich als Mensch, der sich selbst nicht kennt? Wie muss es wohl sein, sich in jeder sozialen Interaktion neu erfinden zu müssen, eine Maske überzuziehen, nur um die Wahrheit zu verstecken, dass sich hinter dieser nichts befindet? Wie muss sich der Totengräber fühlen, der Mensch, der in seinem eigenen Inneren nach seiner Vergangenheit gräbt, nach der reinen Seele seiner Kindheit. Ich weiß es. Ich bin dieser Mensch, ich bin der Totengräber. Ich habe das Unbehagen im eigenen Körper. Ich kann es bis in meine Fingerspitzen fühlen. Als wäre ich nur ein Geist, der an Ort und Stelle meines Körpers steht doch niemals richtig mit ihm verbunden ist. Ich habe es, das Gefühl, nach allem Gesagten, dass ich etwas anderes hätte sagen sollen, dass ich auf mysteriöse Art und Weise dazu gezwungen wurde etwas zu sagen, etwas unehrliches und überflüssiges. Ich habe das Gefühl, dass das Gesagte nicht mein authentisches Selbst widerspiegelt und ich andauernd nur versuche eine andere Person zu spielen. Das ständige Unwohlsein, die Unentschlossenheit einen bestimmten Lebensweg einzuschlagen, das ständige Neben-sich-stehen und passive Zusehen. Nichts ist mir unangenehmer, als die Vorstellung, welche andere Menschen von mir haben müssen. Nichts ist schrecklicher als sich selbst mit anderen Augen zu sehen, sich selbst mit anderen Seelen zu spüren. Doch noch schlimmer ist es, sich selbst zu spüren, in der eigenen Haut zu stecken. Denn man bekommt nicht nur einen objektiven Eindruck der eigenen Person ab, sondern noch den ganzen Horror einer subjektiven Selbstwahrnehmung und der Wahrnehmung der Welt als Gruselgeschichte, in der man selbst die Hauptrolle spielt. Ich bin der Totengräber, der in den stockfinsteren labyrinthischen Gängen einer Pyramide verzweifelt nach dem Ausgang sucht. Die Pyramide ist das Leben und die Gänge sind meine ständige Verwirrtheit. Ich sehe kein Licht am Ende des Tunnels, da es stets um Kurven geht, im endlosen Zickzack. Wenn dir die Welt fern und fremd ist. Wenn du das Gefühl hast, andere Menschen lassen dich nicht zum Zuge kommen, lassen deinem Charakter keine Luft zum Atmen und zur Entwicklung, wenn sich jedes Wort aus deinem Mund falsch anhört und kein Gedanke mehr dein eigener zu sein scheint, wenn du die Fratze des Horrors hinter dem Blendwerk der temporären Phänomene durchgrinsen sehen kannst, dann hast du nur noch eine Chance, und diese heißt: „Fürchte dich!" Doch fürchtest du dich nicht, ist es dir bereits egal und langweilt es dich nur noch, dann bist du nicht mehr zu retten, dann bist du der tote Geist im lebendigen Körper, dann bist du: Der Totengräber!

Tod und Freiheit.– Es fürchten sich viele Menschen vor dem Tod, doch das kann ich ihnen nicht verübeln, ich fürchte ihn auch. Letztendlich ist das Einzige, was uns davon abhält irgendwas zu tun, die Angst vor dem Tod. Es mag bei erster Betrachtung nicht so scheinen, doch es ist so. Der Mensch ist ein Wesen, das fürs Überleben ausgelegt ist. Es gibt Situationen, in denen diese Tatsache offensichtlich ist. Fahre ich zum Beispiel auf der Autobahn, dann schwenke ich nicht plötzlich aus und lasse meinen Wagen von der Straße abkommen, einfach, um zu sehen was passiert, einfach, um eine neue Erfahrung zu machen. Was mich davon abhält, ist die Angst vorm sicheren Tod. Ich wundere mich oft darüber, wie es in der Gesellschaft läuft, wie es tut und macht und vermeidet und nicht macht. Es gibt so viel, was die Menschen tun könnten und so wenig, was sie tatsächlich tun! Oft aus Angst vor unverzüglich einsetzendem Schmerz als Konsequenz ihrer Tat, aber auch aus Angst vor sozialer Ächtung oder dem Verlust des Selbstrespekts. Denn all diese Konsequenzen können ultimativ zur Letztkonsequenz führen, zum Tod. Wer sozial geächtet ist, der hat einen schlechten Ruf, und wer einen schlechten Ruf hat, der findet zum einen keinen Lebenspartner und es mangelt ihm deshalb an Liebe, und zum anderen keinen Beruf und es mangelt ihm deshalb an Geld. Diese Mischung aus finanziellem und sozialem Bankrott kann tödlich sein! Natürlich denken wir Menschen oft zu weit und stellen uns schreckliche Zukunftsvisionen vor, die eintreten, sollten wir eine bestimme Sache tun oder nicht tun. Tatsächlich wissen die meisten nicht, was man alles tun kann, ohne sofort seinen Status als Mensch zu verlieren, ohne sofort aus der Gesellschaft ausgeschlossen zu werden. Die Menschen heutzutage sind sehr tolerant, fast schon zu tolerant. Nur wenige würden einen wirklich angreifen und ächten, sollte man einmal über die Stränge schlagen, die meisten würden sich einfach nur verlegen und unbeholfen abwenden. Sie wären einem danach vielleicht nicht mehr so freundlich gesinnt, aber sie würden einen nicht aktiv vom Leben abhalten. Wir leben in einem Land, in dem man alles denken und fast alles sagen darf, nur die Tat zählt wirklich, und auch hier hat man einen großen Freiraum. Der Großteil der Bevölkerung nutzt diesen Freiraum allerdings nicht. Eher hält man sich freiwillig an unausgesprochene Gesetze und redet sich dabei ein, dass sein passives Verhalten der Gesellschaft zugutekommt, wenn es in Wahrheit nur dazu dient, zu verhindern, dass man schmerzhafte Entwicklungsprozesse durchmacht und über sich hinauswachsen kann. Doch zurück zum Tod. Wie wir also sehen, halten wir uns selbst davon ab Dinge zu

184

tun, die – konsequent zu Ende gedacht – zum Tod führen können, Dinge wie: Soziales Fehlverhalten, Bosheit und Unhöflichkeit, Selbstzerstörung durch exzessiven Konsum, Nonkonformität und natürlich Selbstmord. Wie würde die Welt aussehen, ohne diese letzte potenzielle Gefahr, die hinter allen Dingen schlummert? Wie würden wir leben und uns verhalten, ohne andauernd von uns selbst an unsere Sterblichkeit erinnert zu werden? Doch auch in einer Welt, in der wir sterblich sind, können wir erkennen, dass wir so viel freier sind, als wir uns vorstellen zu sein, und dass die meisten Dinge harmlos sind im Vergleich zu unserer Vorstellung von ihnen!

Augen eines Menschen. – Breite, ganz breite, weit geöffnete dunkle Pupillen. Pupillen, so breit, dass sie die Iris weit an den Rand drängen, bis von ihr nur noch ein schmaler blumiger Kristallring übrigbleibt, welcher die glänzende Schwärze umrandet wie ein Rosenkranz. Schön ist die Iris, ein eigenes Universum ist die Iris, doch sie ist auch arrogant, ist kokett. Wie ein Deckmantel versteckt sie

185

die Seele hinter sich und zeigt sich an ihrer Stelle im bunten Kleide. Die Egoistische! Sie hält sich selbst für so wunderhübsch und grenzt die einfarbige Pupille ein, in ihrer Mitte. Doch manchmal – oder immer bei seltenen Menschen – öffnet sich die Pupille fast bis zur Gänze, dann breitet sich die Seele aus und tritt aus ihr hervor. Dann verwandeln sich diese Löcher, welche in den unendlich vielen Schwarztönen der Seele funkeln, in zwei Brunnen, aus denen ein Fluss des Lebens sprudelt. Die ganze Welt wird gnadenlos hineingesaugt und erlebt. Schiffsladungen an Gefühlen verlassen die Tiefe, sie fahren hinaus, streichen die Welt an, in den Farben eines menschlichen Lebens. Die Augen beinhalten wirklich die Seele eines Menschen. Und manchmal, da treffen wir einen und unsere Blicke kreuzen sich kurz und flüchtig, doch lange genug, um in der tiefen Schwärze die intelligentesten Regungen, und einen regen Austausch von Gefühlen und Welt zu erkennen.

Jedes Mal, wenn ich in Büchern eine akkurate Beschreibung meines innersten Seelen-

186

lebens lese, häuft sich bei mir der Zweifel darüber, ob es überhaupt einen so drastischen Unterschied im subjektiven Empfinden der Menschen gibt. Vielleicht gedeiht das Seelengewächs bei jedem auf die gleiche Weise. Ein alter Baum, vergeistigt und weise, könnte somit die ersten, zaghaften Sprossen des jungen Setzlings vorausahnen. Sollte dies wahr sein, so erschließt sich dem feinsinnigen Dichter eine großartige Welt. Nun kann er hinabsteigen in seine eigene Seele, wie in ein Bergwerk der Erinnerung. Was er an persönlichen Schätzen zutage fördert, ist zwar seiner Subjektivität entsprungen, ist aber auch Gold für die Allgemeinheit!

Hört ein Mensch ein Wort zum ersten Mal, so ist er gezwungen, diesem eine Bedeutung zu geben. Denn Worte können niemals inhaltslos in ein Gedächtnis eingehen. Jeder Mensch verleiht den Wörtern eine seinem Wissen und seiner Erfahrung angemessene Definition. Daraufhin trägt er sie in sein inneres Wörterbuch ein. Manchmal stimmt die eigene Definition ungefähr mit der im Wörterbuch und in den

Köpfen der Mehrheit überein, doch nur allzu oft nimmt ein Mensch die eigene Version eines Wortes, und damit ein Wort an sich, mit ins Grab. Schon viele Wörter gingen auf diese Weise verloren. Vielleicht starb der Mensch mit den schönsten Definitionen unserer Wörter, bevor er diese nur ein einziges Mal nennen konnte. Jeder Mensch ist ein Wörterbuch und mit jedem menschlichen Geist werden auch immer aufs Neue all unsere Wörter beerdigt.

Das Ausfälligste ist nicht, dass uns das Leben sagt, dass wir es nie verstehen werden, sondern dass es uns sagt, dass wir nicht einmal nach einer Lösung zu suchen brauchen.

Wir müssen verstehen, dass die besten (und schlechtesten) Momente in unserem Leben immer unerwartet kommen und unabsehbar sind. Wir können sie nicht planen, einleiten oder hervorrufen, denn sie hängen weder allein von unserer Gefühlswelt, noch der von uns beeinflussbaren Außenwelt ab. Sie hängen von beiden ab, sie hängen von einem harmonischen Zusammenspiel beider ab. Manchmal sind wir an tollen Orten, zusammen mit tollen Menschen und fühlen uns schrecklich. Manchmal befinden wir uns an einem zufälligen Ort mit einem Fremden und haben die beste Zeit. Wir können noch so sehr versuchen unsere Gefühle zu manipulieren oder die Umwelt anzupassen, letztendlich müssen wir akzeptieren, dass unser Glück – oder Unglück – von einem fremden Schicksal, dem Lauf der Welt, oder einfach den Umständen, gesteuert wird. Wir müssen uns auf die Fahrt einlassen. Die besten Momente kommen selten, doch das macht sie genießbar und vor allem: kostbar!

Ist jemand sehr gut in einer gewissen Disziplin, der Beste sogar, so kann dies dazu führen, dass er sich seinen Mitstreitern überlegen fühlt. Ein Gefühl der Unbesiegbarkeit macht sich in ihm breit. Die Gefahr besteht nun darin, dieses Überlegenheitsgefühl von dieser einen, bestimmten Aktivität oder Tätigkeit auf das ganze Leben zu übertragen. Denn gibt man sich außerhalb seiner gemeisterten Disziplin genauso selbstsicher und überlegen, läuft man schnell in Gefahr, arrogant zu wirken und sich lächerlich zu machen. Jeder Mensch hat diese eine Disziplin, in der er der Beste ist, auch wenn er diese nicht bewusst benennen könnte. Es ist wichtig und richtig, sich von Zeit zu Zeit exzellent und überlegen zu fühlen, jeder braucht solche Momente. Doch sonst sollte man sich immer etwas Bescheidenheit bewahren, um nicht die Achtung seiner Mitmenschen zu verlieren.

Der Mensch erfand allerlei Dinge, um nicht in der Gegenwart leben und sich seiner Menschlichkeit bewusst werden zu müssen. Er erfand die Zukunft, das persönliche Paradies eines jeden, auf welches er zustrebt, da er sich dort eine völlig schmerzfreie und andersartige Existenz erhofft. Er erfand die Vergangenheit, eine Ansammlung aller Dinge, die er gewesen war, damit er dann auf diese mit Abscheu oder Stolz zurückblicken kann. Er erfand viele verschiedene Orte, die einzigartig und interessant sind und unbedingt einmal besucht werden müssen. Er erfand andere Menschen die es kennenzulernen gilt. Er erfand Werte und wichtige Themen, über die es sich zu streiten und Krieg zu führen lohnt. Er erfand alle möglichen Gegenstände, und von diesen hunderttausende Varianten: Autos, Häuser, Schuhe, Kaffeekannen, Brettspiele, Teppiche, Getränke, Tische, Stühle, Skateboard-Rampen und Taschenlampen. Er erfand Bedeutungen und Beziehungen von Dingen und Personen. Er erfand sich selbst und einen Plan für sich selbst. Nach diesem Plan und all den anderen erfundenen Dingen lebte er dann, immer abgelenkt und nie nüchtern, damit er sich nie seiner Menschlichkeit bewusst werden musste.

Weshalb halten wir uns davon ab, anderen Menschen die Wahrheit ins Gesicht zu sagen? Weshalb kritisieren wir nicht ihre Ungeschicklichkeiten und schlechten Eigenschaften ganz offen und ehrlich? Wir könnten sie somit auf ihre Defizite aufmerksam machen und ihnen viel Gutes tun, oder nicht? Nein, das könnten wir eben nicht! Denn wir verfügen gar nicht über die Wahrheit, wir verfügen nur über unsere Wahrheit. Was uns an einem Menschen stört, kann den Rest der Gesellschaft auch stören, eventuell aber auch nicht. Es ist immer ein

Zusammenspiel der tatsächlich schlechten und guten Eigenschaften einer Person und unserer Ansichten darüber was schlechte und gute Eigenschaften sind. Meistens halten wir Eigenschaften, die wir selbst aufweisen, für gut und tugendhaft, und welche, die wir missen, für überflüssig, unangemessen, ungeschickt oder unangenehm. Letztendlich versuchen wir einen Menschen mit Kritik an seiner Person, nie zu einem objektiv besseren Menschen zu machen, sondern ihn in uns zu verwandeln. Doch es ist okay, gewisse Eigenschaften und Verhaltensweisen anderer nicht ausstehen zu können und es ist okay, auf diese freundlich und mit einer Miene des Helfen-wollens hinzuweisen, auf dass sich der andere vielleicht wirklich als Person bessern kann. Doch man sollte die eigene Meinung über jemanden niemals als die Wahrheit verkaufen und genau deshalb sollte man sie nie offen heraus jemandem ins Gesicht sagen. Denn dieses Recht hat man nicht, und dieser Akt wäre weder hilfreich noch tugendhaft noch freundlich, vor allem anderen wäre es aber erstmal unhöflich und verletzend. Also gebe den Menschen in deiner Umgebung nett

192

gemeinte Ratschläge und konstruktive Kritik, aber versuche sie nicht deiner persönlichen Wahrheit entsprechend zurechtzubiegen. Die meisten Ratschläge sind Projektionen eigener Verwirklichungswünsche, nur wenige sind frei von uns selbst und wirklich auf den anderen gerichtet.

Es ist menschlich, immer mehr zu wollen. So auch, wenn uns die magischen Klänge und die wunderbare Melodie eines himmlischen Liedes ergreifen und in ihren Bann ziehen. Dann überlegen wir uns sofort, wie es sein würde, wenn diese Melodie noch wunderbarer, und diese Töne noch magischer wären. Könnten wir nicht alles noch etwas lauter machen, damit es dann noch intensiver wird und dann noch etwas lauter, bis wir irgendwann ganz in der Musik aufgehen und den Himmel erreichen? Wie weit könnten wir die Verzückung treiben, wie weit könnten wir uns hinaufschrauben? Könnten wir den Genuss unendlich steigern, oder würde sich irgendwann ein Ende aufzeigen? Was, wenn es tatsächlich ginge? Was, wenn wir in die Musik eintauchen könnten? Würden wir uns verlieren, würde uns der Schädel explodieren und wir verrückt werden? Würden wir Gott begegnen, welcher dann verzückt oder gekränkt über unser Erscheinen wäre? Noch wissen wir es nicht und wir werden es wohl auch nie wissen. Noch hören wir einfach unsere Musik und finden uns mit dem Mensch-Sein ab. Noch geht es auf und ab. Es ist nun mal menschlich, immer mehr zu wollen.

Der immer volle Teller.– Mein Geist ist wie ein Teller, der nie leer sein kann. Auf ihm liegen immer gewisse Begriffe, Konzepte und Wörter, mit denen ich die Welt interpretiere und zu verstehen versuche. Meine Gedanken kreisen um diese Wörter, alles versuche ich mit ihnen in Verbindung zu bringen. Doch irgendwann erreiche ich den Punkt, da mir genau dieser Zustand bewusst wird und ich ihn als verrückt erkenne. Denn es ist verrückt, sich einzureden, das Leben in einigen wenigen Begriffen beschreiben zu können. Habe ich das einmal erkannt, offenbart sich mir der Teller mit den Begriffen, Konzepten und Wörtern darauf, woraufhin ich ihn nehme und seinen Inhalt in den tiefen Mülleimer des Vergessens leere. Doch gleich darauf füllt sich der Teller wieder von neuem. Und leere ich ihn wieder, so füllt er sich wieder von neuem. So müsste ich eigentlich andauernd vor dem Treteimer stehen, ihn mit dem Fußhebel offenhalten und mit dem Messer der strengen Selbstreflexion jede noch so kleine Anhäufung an Erklärungsversuchen sofort abschaben und ins Vergessen verbannen. Denn der Teller kann nie leer sein, doch ab und zu sollte er leer sein.

Die Kunst des Menschseins besteht darin, möglichst geschickt mit den Dämonen des eigenen Lebens klarzukommen und anderen ihre Art die ihrigen zu besiegen zu lassen, auf dass man nicht ein weiterer für sie wird.

Nur, weil wir besser als unsere alten Ichs sind, denken wir auf einmal, wir wären auch besser als andere Menschen.

Um etwas sein zu können, müssen wir zuerst aufhören, etwas sein zu wollen.

Verständnis ist ein Gefühl. – Der Moment der Erkenntnis ist, als würde sich auf einmal Gas in unserem Kopf ausbreiten, welches in unseren Verstand einfließt und uns für kurze Zeit eine bestimmte Sache ganz genau erkennen lässt. In diesen Momenten glaubt man an Wissen und Wahrheit.

Religion wird abgeschafft. Doch Glaube wird niemals abgeschafft. Glaube wird ersetzt.

Wenn uns eine Person überrascht, dann deshalb, weil eine ihrer Handlungen plötzlich nicht mehr mit unserer Vorstellung von ihrer Persönlichkeit übereinstimmt. „Deine Reife überrascht mich immer wieder" („Ich habe dich für unreifer gehalten"). „Du bist so vernünftig" („Ich hätte dich als unvernünftig eingeschätzt"). „Ich wusste gar nicht, dass du Theater spielst" („Ich dachte, du wärst schüchtern").

Alles, was sich der Mensch vorstellen kann, ist möglich, aber nicht alles wirklich.

Bestimmte Menschen durchleben den Himmel auf Erden, doch auch die Hölle. Gelingt es ihnen anschließend ihre Eindrücke in Text, Bild oder Ton festzuhalten, werden sie Künstler genannt.

Kunst macht mir Angst. Denn in der Kunst erkenne ich das göttlichste und zugleich teuflischste Wesen, das es auf der Welt gibt: den Künstler. Der Künstler ist ein Mensch, der sein eigenes Menschsein aufgegeben hat, um mehr als Mensch zu sein. Er hat sich selbst aufgegeben, um sich selbst sein zu können. Sein ganzes Leben ist Inspiration und Werk zugleich. Seine ganze Persönlichkeit ist ein Akt. Kunst zu betrachten kann unterhaltsam und inspirierend sein, sie zu schaffen therapeutisch aber auch selbstzerstörerisch.

Das Böse ist ein listiger Parasit. Es wechselt den Wirt, doch ganz verschwinden tut es nie. Hat ein Mensch einen Mord begangen, so hängt das Böse an ihm. Doch sobald er zur Einsicht gefunden hat, springt das Böse über auf die wütende Menge, die noch immer nach seiner Hinrichtung verlangt. Die Menschen zielen darauf ab, das Böse zu töten, doch es ist zu flink, springt und springt, und wenn geschossen wird, dann auf ein leeres Ziel. Wenn geschossen wird, dann sitzt das Böse am Abzug – immer. Wo einst das Böse war, stirbt ein Mensch. Das Böse ist nicht aus der Welt zu vertreiben, es kann lediglich weitergegeben werden. Das Böse ist ein listiger Parasit.

Es gibt Nachmacher und Vormacher. Die Nachmacher halten sich für Vormacher, und die Vormacher für Nachmacher.

Man teilt die Menschen in zwei Gruppen ein: In die, welche einem etwas bedeuten, und die, welche einem gleichgültig sind, die Bedeutenden und die Gleichgültigen. Je mehr einem eine Person bedeutet, desto mehr gefällt und missfällt sie einem auch. Oft sind die Menschen, die wir hassen, die gleichen, die wir lieben. Die größten Feinde waren oft einst die besten Freunde. Die besten Freunde können zu den größten Feinden werden. Doch an ihrem Status als Bedeutender oder Gleichgültiger ändert sich nichts. Mit Menschen, die einem gleichgültig sind, kann man sich gut verstehen und eine lockere Beziehung führen. Kann man zusammen lachen, so ist das einem recht, verletzt man allerdings den anderen einmal, so ist es einem ziemlich egal. Die meisten Menschen sind uns eigentlich egal, nur wenige bedeuten uns wirklich etwas, doch diese bedeuten uns immer etwas, ob wir sie nun hassen oder lieben.

Die Menschen, die möglichst selbstlos sein wollen, sind die besten Egoisten.

Kunst ist Leben in der Petrischale. Kunst ist das Mikroskop, durch das ich dieses Leben untersuche.

Furcht kommt und geht. Furcht bezieht sich auf ein Objekt. Furcht vor dem Feuer, Furcht vor dem Stier, Furcht vor der Dunkelheit und Furcht vor dem Absturz. Doch Angst ist allgegenwärtig, für die Angst braucht es kein Objekt, auch wenn wir dieser gerne eins zuweisen. Angst vor dem Tod oder Angst vor dem Leben. Angst vor dir selbst, Angst vor allem anderen. Angst ist immer da. Angst ist eine existenzielle Eigenschaft des Menschen. Angst vor der Angst.

Jeder Mensch hat einen Glauben. Dieser Glaube hat sich wahrscheinlich in den jüngsten Jahren der Kindheit gebildet. In späteren Jahren kann ein Mensch noch gewisse Dinge als richtig oder falsch erkennen (immer seinem Glauben entsprechend), doch neue Glaubensinhalte kann er sich nicht beschaffen. Was er glaubt und was nicht, das steht seit Beendigung der Kindheit fest. Man kann sich nicht entscheiden etwas zu glauben. Der eigene Glaube ist unbewusst, er bildet das Lebensgefühl und drückt sich in Gefühlen gegenüber Dingen aus, nicht in konkreten Sätzen. Auch der kritischste Philosoph hat seinen Glauben. Diesen Glauben kann er allerdings niemals benennen, in Worte fassen und aussprechen. Denn sobald er das tut, zwängt er ihn in das begrenzte System der Sprache und damit der Logik. Nun, da sein Glaube in konkreten Sätzen vorliegt, wird sich der Philosoph dessen sofort bewusst – und – überschreitet seinen eigenen Glauben. Denn sobald er ihn ausgesprochen hat, kann er ihn anzweifeln, was er, als angemessen skeptischer Mensch, auch tun wird. Mehr noch, er wird sogar versuchen ihn zu widerlegen. Denn wenn für die Richtigkeit einer Sache argumentiert werden kann, dann kann genauso gut für deren Falschheit argumentiert werden. Der eigene Glaube liegt im Unterbewusstsein verborgen, er lässt sich weder beschreiben noch verstehen. Wahrer Glaube ist immer außersprachlich.

Bevor man antwortet, sollte man sich immer zuerst klarmachen, auf was man antwortet. Was sagt uns der Gegenüber wirklich, weshalb sagt er es und was will er damit bezwecken. Viele Menschen verlangen von uns nicht mehr, als dass wir eine Gegenposition darstellen, über die sie dann mit sich selbst streiten können. In solch einem Fall ist es ziemlich egal, was und wie schnell man antwortet, denn der Zweck dieser Diskussion ist die Diskussion selbst. Doch will uns jemand einmal wirklich und ganz ehrlich etwas mitteilen, so müssen wir uns darauf einlassen, uns selbst die Zeit geben um darüber nachzudenken und es zu evaluieren. Und dann kann es schonmal sein, dass die beste Antwort die man geben kann, ein Schweigen ist.

Willst du niemals glücklich werden, so überlege dir in jeder Situation, was man von dir verlangt, und wie du dich rechtfertigen könntest.

Mit dem ersten Wort eines Romans entsteht im Geist eine leere Bühne. Mit jedem weiteren Wort werden Requisiten und Darsteller auf diese Bühne gestellt.

Mit dem ersten Wort eines Romans entsteht im Geist eine neue Welt. Mit jedem weiteren Wort wird diese Welt geformt und mit Dingen besetzt.

Mit dem ersten Wort eines Romans startet im Geist ein Film. Ist dieser Film schlecht, so kann man ihn abbrechen, die Welt sterben lassen, die Bühne räumen.

Doch ist er gut, so ist man fast dazu gezwungen, ihn durchlaufen zu lassen. Andererseits käme der Geist nicht mehr von ihm frei.

Ich will in die Musik. Ich will doch da rein! Ich drehe sie lauter. Sie wird leiser. Ich drehe sie noch lauter. Sie wird immer leiser. Ich will die Töne nicht nur hören – ich höre sie fast nicht mehr – ich will sie spüren, will sie sein! Ich stehe in der Pforte, ich rüttele an der Tür, lasst mich rein! Warum sind denn meine Ohren taub, warum meine Rezeptoren tot? Wann wurde ich so unempfindlich für das Überirdische? Lasst mich rein! Ich will schreien! Öffnet mir dir Tür! Ich will heulen. Muss ich noch näher heran an die Musik, noch genauer hinhören? Sie ist so weit von mir entfernt, ich bin so weit entfernt von ihr. Je länger sie spielt, desto mehr verwandelt sie sich in Stille. Ich will alles außer Stille. Ich will niemals keine Musik hören. Ich will Musik sein. Lasst mich rein!

Der Künstler muss immer in einem gewissen Abstand zum Leben und der Gesellschaft leben, oder sich nach zeitweiligem Abtauchen in deren Wahn und Rausch angemessene Auszeiten zum Reflektierten und Kreieren gönnen. Diese Fähigkeit des Eintauchens und wieder

Auftauchens macht den Künstler aus. Diese Veranlagung zum Erleben und gleichzeitigen Beobachten macht den Künstler aus. Niemand kann beschreiben, wovon er selbst Teil ist. Niemand kann sich selbst nachahmen. Es gibt Menschen, die das Leben einfach nur leben. Diese Menschen könnten das Leben nicht in Form von Kunst beschreiben, denn genau das wäre der Versuch, sich selbst nachzuahmen. Doch sich selbst kann man niemals nachahmen, sich selbst kann man nur sein. Der Künstler steht immer ein bisschen abseits vom Leben, blickt von draußen darauf, während er es gleichzeitig erlebt. Durch genaues Hinsehen und intensive Reflexion schafft er es, das Leben, welches er durch sich wahrnimmt, nachzuahmen, schafft er es, sich selbst nachzuahmen. Deshalb ist der Künstler auch immer Teil seines Kunstwerks, deshalb kann der Künstler seine Person nie zu ernst nehmen, denn jedes Kunstwerk stellt eine Exploitation, Destruktion und auch Exhibition der eigenen Person dar. Die eigene Person ist für den Künstler lediglich die Linse, durch welche er die Welt sieht, lediglich der Farbton, in dem er seine Bilder malt.

Gerne würde ich zu Mitternacht in den Stadtpark gehen und einen Ort mit einer Bank entdecken, den ich noch nicht kannte. Dann würde ich mich dort niederlassen, die nachtkalte Luft einatmen und in die Sterne starren. Und dann würde sich ein Freund zu mir setzen. Wir würden zusammen die Stille genießen oder über das Leben sprechen. Und wir würden niemals unsere Namen austauschen. Und dann würde ich wieder nach Hause gehen. Und manchmal würde ich zu Mitternacht an diesen Ort zurückkehren. Und manchmal würde ich ihn dort wiedertreffen. Doch niemals geplant.

18.– Wie fühlt es sich an, achtzehn zu werden? Scheußlich, scheußlich fühlt es sich an! Meine geistige Leistungsfähigkeit nimmt spürbar ab, Tore schließen sich, die Empfindsamkeit lässt nach. Ich spüre, wie mein Geist abstirbt, während meine Persönlichkeit gedeiht. Ein fairer Handel? Das bleibt noch zu sehen. Welche Dinge uns letztendlich Vorteile oder Nachteile im Leben verschaffen, ist schwer vorauszusagen. Ich schweife ab. Ich täusche mich selbst! Was mache ich denn hier, mein Geist ist noch immer deutlich überlegen. Schon wieder ist er fleißig daran die Welt zu erklären, während mein Herz eingeht und versteinert! Nicht länger kann mich die Nacht bezaubern, nicht länger berauschen mich die Abendstunden. Das Irdische hat eingegriffen in mein harmonisches Reich der Ideen und Symbole, hat es aus dem Konzept gebracht! Einst war ich glücklich einsam, einsam glücklich. Ich war verliebt in die Welt, die Welt war verliebt in mich. Sie wollte mir so viele Dinge zeigen, mich in die kleinsten Schlupflöcher locken, um aus mir das Staunen herauszulocken! Das Denken tötet das Staunen ab, die Nüchternheit ist des Schlafes Bruder. Ich brauche mehr, ich will mehr! Warum leben, wenn man sich nicht traut zu leben? Es interessieren mich nicht die Gedanken der Menschen, über die ich nicht nachdenke. Ihre Gedanken über mich interessieren mich nicht. Doch die Gedanken der Menschen, über die ich nachdenke, sind alles, worüber ich nachdenke! Diese Welt muss kälter sein, so dass es sticht, sie muss heller sein, in strahlend weißem Licht, sie muss dichter sein, so furchtbar dicht, dicht besiedelt von Erfahrungen und Wahrnehmungen

206

und interessanten Menschen und Menschen die mich kennen, die mich auf Anhieb erkennen! MENSCHEN, DIE MICH KENNEN, WEIL ICH SIE KENNE! Die kleine Flamme in mir stirbt. Ich brauche neues Feuerholz. Feuerholz von außen, Feuerholz aus der Außenwelt! Musik ist meine Stille, Stille meine Musik. Jedes Knarzen und Rieseln und Ächzen und Schrubbern und Fiepen der Mäuse in den Wänden ist eindrücklicher als Beethovens neunte Symphonie. Ich habe die Musik totgehört, ich konnte mich nicht zügeln! Ich kann mich nie zügeln, alles übertreibe ich, alles konsumiere ich exzessiv, bis es grau und geschmacklos ist. Doch das sind die Regeln dieser Welt, das ist Gottes Wille. Er will den Menschen keine Rast gönnen, er quält sie mit Freud und erfreut sie mit Leid! Wir sind gefangen in diesem Universum, dem einzigen Universum, gefangen im Hier und Jetzt, gefangen in unserer Wahrnehmung, gefangen in unserer Person. Was, wenn ich sterbe und nichts verändert sich? Was, wenn ich die Tür zum Himmel öffne und sie auf meine Veranda führt? Was, wenn mir bei Nacht plötzlich eine Maus begegnet und von mir verlangt, über sie zu richten, als ihr Schöpfer und Retter? Denk nach! DENK NICHT NACH! Steh auf, geh raus, atme ein, lass es sein, lass alles sein, was du jemals wolltest und jemals fühltest und jemals dachtest du wüsstest! Und fang nochmal von vorne an, so wie jeden Tag und jede Stunde, jede Minute und jede Sekunde. Du bist nur Mensch, du bist nur Gott, du bist nur Ameise und du bist schon tot.

Wie fühlt es sich an achtzehn zu werden? Wunderbar, wunderbar fühlt es sich an. Es fühlt sich an, wie fünf zu werden. Es fühlt sich an, wie achtzig zu werden. Lassen wir doch die Zahlen. Schmeißen wir sie zusammen mit der Vergangenheit und der Zukunft in den Müll. Wie fühlt es sich an zu altern? Wie fühlt es sich an zu leben? Wie die Hölle auf Erden, wie der Himmel auf Erden. Knips den Mond aus, gute Nacht.

Ich wusste es würde lang gehen, ich wusste, danach würden mir das Handgelenk und die Armmuskeln wehtun, mir würde Schweiß den Rücken herunterlaufen und mein Kopf würde dröhnen. Meine Hand wäre danach kalt und blau von der Tinte. Meine Stirn wäre heiß und meine Sicht verschwommen. Ich wusste also, dass ich leiden würde, ich wusste, dass ich leiden musste, sollte es gut werden. Ich wusste aber auch, dass ich, sobald ich einmal im Arbeitsfluss sein würde, die Zeit vergessen und den Schmerz missachten würde. Ich wusste, dass es am Ende gut sein würde, und ich mich gut fühlen würde. Und so stürzte ich mich in das leere Papier.

Ja, manchmal finden wir uns wieder, in den Räumen die dunkel sind und kalt, wo wir uns einsam und sterblich fühlen. Dann kann uns das schreckliche Gefühl ergreifen, für immer in einem solchen Zustand verweilen zu müssen. Doch das ist nur ein weiterer dummer Gedanke, mit dem wir uns selbst zu gruseln versuchen. Mache dir das bewusst, lache darüber – wenn du kannst. Denn bessere Zeiten werden kommen, da du wieder Steuermann deiner eigenen Existenz sein wirst und alles auf natürliche Weise geschieht und funktioniert. Dann scheint das Licht, dann erfrischt dich die warme Sommerluft, dann lebst du wieder als

Unsterblicher unter uns, den Lebensbejahern!

Immer, wenn ich ein bestimmtes Alter erreiche, muss ich feststellen, dass es sich keineswegs wie erwartet anfühlt. Gleichzeitig denke ich aber auch an die vergangenen Jahre zurück und erkenne mich in diesen als naiv und unerfahren. Dann denke ich über das Noch-älter-werden nach und stelle fest, dass ich es mir niemals vorstellen könnte 60 zu sein, geschweige 70, geschweige 80! Ich habe Angst davor, älter zu werden. Doch alt ist man nie, man wird nur älter. Auch jung ist man nie, man ist nur jünger. Man fühlt sich niemals alt oder jung, man fühlt sich immer so, wie man sich schon immer fühlte, und man sich immer fühlen wird. Der Grund, weshalb wir uns vorm hohen Alter fürchten, ist die Tatsache, dass wir im Zustand unseres derzeitigen Alters auf die Zukunft blicken und uns vorstellen, wie es wohl wäre, mit unserem aktuellen Bewusstsein alt zu sein. Wir stellen uns vor, als junge Person in einen alten Körper gesteckt zu werden, in diesem festzustecken. Tatsächlich wird sich das Altsein ganz anders anfühlen, erreichen wir es einmal. Und ganz bestimmt wird es sich nicht nach Altsein anfühlen. Denn unser Bewusstsein entwickelt sich mit unserem Körper mit. Somit haben wir, wenn wir einmal alt sind, auch das Bewusstsein eines alten Menschen und fühlen uns somit noch immer normal. Mit dem Tod ist es das gleiche. Wir machen uns mit unserem derzeitigen Bewusstsein Sorgen und Gedanken zum Tod. Natürlich ängstigt er uns in diesem Zustand. In diesem Moment würden wir nicht sterben wollen. Doch sind wir einmal alt und lebensmüde, erschöpft und erfüllt, so wird uns der Tod, im letzten Moment unseres Lebens, nicht mehr beängstigen. Denn unser Bewusstsein wird an die Situation angepasst sein. Wir werden uns im Sterbezustand befinden, mit dem Sterbebewusstsein, und dann werden wir sterben wollen. Natürlich können wir uns das in unserem derzeitigen Zustand nicht vorstellen, nicht ansatzweise, überhaupt nicht! Natürlich. Denn alles, was wir uns in unserem derzeitigen Zustand vorstellen können, ist unser derzeitiger Zustand. Das Leben regelt letztendlich das Leben.

Immer nachdem wir eine große Erfahrung gemacht haben, bilden wir uns ein, nun besser über die Welt urteilen zu können. Bis zur nächsten großen Erfahrung, bei der es wieder genauso ist.

Ich sehe einen sehr lustigen und geistreichen Cartoon im Internet. Sofort speichere ich ihn auf meiner Festplatte. Fünf Minuten später finde ich die Seite, von welcher der Cartoon stammt. Die Seite ist voll von gleichartigen, zum Teil noch besseren Cartoons. Sofort lösche ich den gespeicherten Cartoon wieder von meiner Festplatte. Er ging von sehr wertvoll zu komplett wertlos über in gerade einmal fünf Minuten. Manchmal gehen wir mit Menschen genauso um, es geht dann nur etwas länger als fünf Minuten.

Ein Versuch, der es wert ist.– Man sollte sich einmal vornehmen, die natürlichen Auf und Abs, Hoch und Tiefs, schlechten und guten Zeiten des Lebens, nicht immer erklären zu wollen, aufzuhören, ihnen immer konkrete Dinge zuzuweisen. Denn sie sind natürlich.

212

Wer einer Person begegnet während eines Tiefs, der speichert diese Person als schlecht und unangenehm ab, redet sich ein, sie wäre der Ursprung des eigenen Unbehagens. Während einer guten Zeit ist es ebenso, nur umgekehrt. Dabei kommt es oft vor, dass uns dieselbe Person einmal erträglich und dann wieder unerträglich ist. Bei einem Treffen können wir sie nicht ausstehen, in einer anderen Situation stellen wir fest, dass sie doch ganz nett ist. Das Leben ist so viel einfacher, wenn wir nicht diese vielen kleinen Bitternisse mit uns herumtragen, die daher kommen, dass wir auf bestimmte Dinge einen Groll haben, weil wir denken, sie hätten in der Vergangenheit Unbehagen ausgelöst, seien verantwortlich für schlechte Zeiten. Wer so denkt, der hat das Leben noch nicht verstanden, und schränkt sich enorm in seiner Fähigkeit glücklich zu sein ein. Der Ozean der Gefühle rauscht immer im Hintergrund, seine Wellen brechen an den Dingen der Welt, wie an einer Küste. Nur sollten wir die Küste nicht mit dem Ozean verwechseln, die Dinge nicht mit den Wellen. Ein Versuch ist es wert.

Wir. – Manchmal, wenn ich mit meiner Familie beim Abendessen um den Küchentisch sitze, denke ich mir: Ist es nicht verrückt, dass wir alle noch hier sind. Vor fünfzehn Jahren saßen wir auch schon hier, in der gleichen aber völlig verschiedenen Konstellation. Wir sind alle fünfzehn Jahre älter, mein kleiner Bruder ist zum ersten Mal fünfzehn Jahre älter. Meine Eltern werden von grauem Haar überfallen und ich bin jetzt anscheinend erwachsen. Wir sind alle noch hier, doch das alte Wir, das einst um diesen Küchentisch saß, ist schon lange weg. Jeden Tag verlässt eine Familie den Frühstückstisch und eine völlig neue findet sich am Abend dort wieder ein. Wir sind alle noch hier und lieben uns alle noch. Diese vier menschlichen Seelen, die miteinander verwoben sind, wie ein Netz aus gemeinsamen Momenten. Wir sind alle noch hier. Fünfzehn Jahre später. Und es hat sich nichts verändert, nichts außer wir.

Der Kampf der Welten. – Ein kleines Experiment: Ich nehme mir einen Sammelband von Kurzgeschichten und begebe mich damit

214

in eine volle Bar. Ich setze mich in die Mitte der nach Rauch und Schweiß riechenden Menschen, mitten in die nächtlich berauschte Menge. Ich setze mich also und schlage den Sammelband auf. Ich lese eine Geschichte über einen General, der im zweiten Weltkrieg durchdreht und Amok läuft. Nun stehen sich zwei Welten gegenüber, stehen miteinander im Kampf. Die Kurzgeschichte versucht, mich mit kreativen und geistreichen Formulierungen irgendwelcher Gräueltaten in ihre Welt zu entführten, und die Bar versucht, mich mit ihren lachenden Menschen, dem süßen Schweißgeruch, der förmlich von den Wänden abgesondert wird, und dem Zigarettenqualm für sich zu gewinnen. Ich lese also die Geschichte, die Geschichte setzt sich fort. Doch wirklich auf sie konzentrieren kann ich mich nicht. Die Erinnerung an den vorangegangenen Satz reißt immer wieder auf der Hälfte ab. Den Satz, den ich lese, lese ich automatisch, aber ohne ihn dabei wirklich zu verstehen. Auf der Inhaltsebene bin ich im zweiten Weltkrieg, zusammen mit einem mordlustigen General, doch auf der Gefühlsebene bin ich mitten in einer vollgestopften Bar, mit Menschen deren Präsenz mich berührt und Musik, die mein Herz zum Tanzen bringt. Der zweite Weltkrieg fühlt sich wie ein Abend in der Disco an. Ich lese Krieg doch fühle Nachtleben. Am Ende erschießt sich der General zur Melodie von „I'm so excited!", vielleicht hat er sich ja auf die große Offenbarung gefreut. Am Ende habe ich eine Geschichte gelesen, die aus einer Mischung von Weltkriegsdrama und Raucherbar bestand. Eine einzigartige Geschichte.

Warum muss es immer mein Handy sein, auf das ich minütlich starre, als ob es da irgendetwas Interessantes gäbe? Ich könnte doch stattdessen jeden Nachmittag hinauf auf den Hügel gehen. Dort würde ich dann zwischen den Bäumen einen Ameisenhaufen entdecken. Und jeden Tag könnte ich dorthin zurückkehren und die Entwicklung des Ameisenvolks beobachten. Ich könnte sie mit einem Stöckchen nerven und viel über ihr Verhalten lernen. Und wenn mir die Ameisen langweilig würden, könnte ich mich mit den Blättern der Bäume befassen. Ich würde ihre Formen und

Farben analysieren und erforschen, und ich würde sie niemals im Internet recherchieren. Denn es würde mich nicht interessieren, was andere Leute bereits über diese Blätter gesagt haben. Ich würde die Welt selbst entdecken, auf meine Weise wahrnehmen. Welchen Wert hat all dieses tote Wissen? Stattdessen schaue ich minütlich auf mein Handy, als ob es da irgendwas Interessantes gäbe.

Verflucht seien all diejenigen, die nach Bedeutung fragen, nur weil sie gelernt haben, dass es mehr nicht braucht, um einem Ding jegliche Bedeutung zu rauben.

Um festzustellen wie wertvoll und wichtig uns etwas ist, müssen wir uns nur vorstellen, es nie wieder haben zu können. Alles passiert einmal zum letzten Mal, und nie wissen wir dann, dass es das letzte Mal ist.

Das schöne Muster. – Das schöne Muster der Welt ist die Musik. Wenn Musik läuft, verbindet sie sich mit allem, und das ganze Drumherum wird ebenfalls zur Musik. Wenn ich dann einen Baum sehe, ist er grüner als zuvor, und er ist auch Musik. Wenn ich einen Sonnenstrahl sehe, ist er heller als zuvor, und er ist auch Musik. Die Blätter wiegen sich im Wind – und der Musik. Der Bach plätschert, plätschert zur Musik. Das ist das schöne Muster. Das unschöne Muster der Welt ist ganz einfach keine Musik, ein Leben ohne Musik. Oder im weiteren Sinn: Ein Leben ohne Kunst. Ohne die Kunst würde der Mensch sterben, tatsächlich sterben. Zum Glück gibt es die Kunst. Der Mensch ist auch Kunst. Denn genauso, wie das schöne Muster der Welt die Musik ist, ist auch mein schönes Muster die Musik. Vor allem der Schlaf ist Musik – das ist mir besonders wichtig! Der Schlaf hat für mich einen musikalischen Charakter, einen harmonischen und melodiösen Charakter, auch, wenn der Schlaf ja eigentlich vollkommene Stille bedeutet. Doch für mich ist er eher das Gegenteil, er ist die vollkommenste Musik. Der Schlaf perfektioniert das Musikalische soweit, nuanciert das Melodische und verfeinert das Harmonische so weit, dass schon gar nichts mehr zu hören ist und vermeintliche Ruhe eintritt. Wenn ich einschlafe, werde ich zur Musik, zum schönen Muster. Dann legt sich mein individuelles Muster über jenes der Welt und wird eins damit. Doch das ist mir nicht beim Einschlafen bewusst geworden, sondern beim Aufwachen. Als Klingelton hatte ich eine liebliche kleine Melodie ausgewählt. Als dann der Wecker klingelte, die Musik also abgespielt wurde, wurde ich langsam aus der Unbewusstheit zurückbefördert ins Wache. Noch im Halbschlaf, fast im Traum, bemerkte ich die Musik. Doch dabei bemerkte ich auch noch, dass da zuvor schon Musik gewesen war. Ja, es umgab mich nichts außer Musik! Und erst durch den klingelnden Wecker, der die kleine Melodie abspielte, wurde eben diese Melodie zur Musik. Nun war es nur noch jene, die Musik war. Und erst durch diese Vereinzelung, die dazu führte, dass nicht mehr alles Musik, das vollkommenste schöne Muster, war, wurde ich erst selbst zur Musik, und dann wieder zu mir selbst: als Mensch mit einem Körper, einer Seele und einem Geist. Erst in der Abgrenzung zur Musik, die aus dem Wecker ertönte, entstand alles außenherum, die übrige Welt, und auch ich. Ich fand es etwas traurig und tragisch. Alles wird zu einem und erst dadurch entsteht das Alles drumherum, welches nicht mehr nur das schöne Muster widerspiegelt, sondern eben auch das Hässliche enthält. Und leider muss ich jeden Morgen feststellen, dass dieses Hässliche natürlich auch in mir vorhanden ist. Doch das ist gar nicht schlimm, denn nachts kann ich wieder zur Musik werden. Und auch wenn ich sterbe, darf mich auf der anderen Seite nichts als Musik erwarten. Musik ist Liebe, Musik ist das größte Glück.

Blicken wir in den Nachthimmel, so sehen wir immer eine ältere Version des Universums. Denn das Licht braucht oft Milliarden von Jahren, bis es das Universum durchquert hat und auf unsere Netzhaut trifft. Wir blicken in die Vergangenheit des Universums. Da wir der Teil des Universums sind, durch welchen sich dieses selbst wahrnimmt, blickt in diesem Moment das Universum in seine eigene Vergangenheit, vielleicht bis zurück zum großen Knall des Ursprungs, unserer Geburt.

Wer die Frage des Todes für sich nicht geklärt hat, dürfte eigentlich nicht einmal von einem Stuhl aufstehen können. Dennoch stehen wir alltäglich auf, stehen auf und gehen weiter, verschieben diese Frage auf einen anderen Tag, wollen später nach der wichtigsten Antwort unseres Lebens suchen. Jeder, der von einem Stuhl aufsteht, muss die Frage des Todes für sich geklärt haben, andererseits würde ihn das schiere existenzielle Gewicht dieser Frage wieder hinunterziehen. Und deshalb sind wir alle Lügner, denn wir alle stehen dennoch auf.

Damit uns manche Dinge möglich sind, müssen wir manchmal zuerst unsere Realität verändern. Meistens passiert das durch Erfahrungen die diese Veränderungen in uns auslösen. Anfangs werden wir uns in unserer neuen Haut noch etwas unwohl fühlen. Doch die veränderte Realität wird unabwendbar zu unserer neuen und normalen Realität, woraufhin gewisse Dinge zum ersten Mal möglich sind.

Unser Schicksal ist der Pfeil in dessen Richtung sich unser Leben bewegt. Gefühl und Vernunft sorgen wie die Banden einer Bowlingbahn dafür, dass unser rollendes Leben nicht von seinem Weg abkommt. Sie wechseln sich dabei ständig ab. Einmal erscheint uns etwas unvernünftig, doch das Gefühl überwiegt und wir tun es dennoch. Dann fühlt sich etwas sehr richtig an, doch es geht so sehr gegen unsere Vernunft, dass wir es bleiben lassen. Dabei haben wir immer das Gefühl oder die Erkenntnis (je nachdem) richtig abgebogen zu sein und uns für das Beste entschieden zu haben. Dabei standen wir nie vor Kreuzungen, dabei hatten wir nie eine Wahl. Gefühl und Vernunft arbeiten insgeheim zusammen, und halten uns in der Spur. Wir merken es nur nicht.

Die tiefere Wahrheit des Lebens offenbart sich mir zuzeiten in funkenartigen Augenblicken. Dieses Phänomen tritt unabsehbar und immer ungewollt auf. Wenn es dann einmal so ist, halte ich mit größter Bewusstheit und Aufmerksamkeit an diesem Funken fest und versuche ihn weiter zu verfolgen und weiterzuentwickeln. Doch meistens verschließt sich mir meine Einsicht wieder sehr schnell und ich tue gut daran, wenigstens ein bisschen von ihr in Worte zu fassen.

Letztendlich weiß ich nur das eine: Ganz gleich, welchen Sinnspruch, Gedanken oder Aphorismus man liest, man liest nie das Gleiche. Denn was wir lesen – was wir verstehen – verändert sich über die Zeit zusammen mit unserem Verständnis der Dinge und unserer Psyche. Alle paar Jahre (oder Monate) können wir denselben Spruch lesen und immer wird er uns etwas Neues bedeuten, und immer werden wir ihn verstehen, und immer wird es die richtige Interpretation sein. Denn wie sooft lesen wir nicht nur in einem Text, wir lesen auch in uns selbst. Was wir also aus einem Text ziehen, sagt mehr über uns aus, als über den Text.

Ob die Philosophie lähmend oder beflügelnd wirkt, hängt von der Person ab, die sich mit ihr beschäftigt.

Auch, wenn alles bisher Geschriebene dagegenspricht, muss ich gestehen, dass mein Geist doch meistens leer ist. Keine Bibliothek voller fleißiger Ameisen besteht in meinem Kopf. Keine dampfende Schmiede flickt mir am fließenden Band neue, tolle Gedanken zusammen. Wem es noch so geht, der soll beruhigt sein. Denn es ist völlig normal. Sei nicht gekränkt, sei lieber froh und genieße die Leere – die Freiheit. Ab und zu wird dir schon etwas Tolles einfallen. So geht es auch mir. Wenn ich einmal einen Einfall habe, dann beglückt mich das und ich schreibe ihn nieder. Doch warum schreibe ich ihn nieder? Damit ich ihn dann erst einmal wieder vergessen und wieder Leere und Freiheit in meinem Geist genießen kann.

Viel gibt es nicht zu verstehen, viel gibt es nicht zu meistern. Nur ein einziger, ständiger Fluss des Lebens treibt uns voran. Bist du ein Lebenskünstler, so lässt du ihn um deine Finger schlängeln, lässt ihn auch mal in deine Seele bersten, lässt ihn schaukeln und schaukelst mit. Und wenn er einmal ätzend ist, dich auf deiner Haut stachelt, dann lass ihn dich beißen und nimm es mit Humor. Als Lebenskünstler schwingst du mit den kleinen Wellen des Flusses, bis du zu den Wellen wirst, und dich nichts mehr vom Fluss unterscheidet.

NACHWORT

Wer in der Zeit seiner jugendlichen Entwicklung schreibt, der hat es schwer. Schon jetzt – nur drei Jahre später – könnte ich auf mein Geschriebenes zurückblicken und wahrscheinlich das ein oder andere als unzulänglich oder naiv identifizieren. Aber das hätte keinen Wert. In jedem Gedanken steckt auch dessen von der Zeit stark beeinflusster Entstehungsort. Ihnen, sehr verehrter Leser, habe nun ich einen Einblick in diesen Entstehungsort gegeben. Ich hoffe die Exkursion hat Ihnen gefallen, und ich hoffe Sie beurteilen das Gelesene mit Respekt und Missachtung, mit Interesse und Gleichgültigkeit.

Luis Leonard Grumser

ENDE
der
NÄCHTEBUCHAUSZÜGE

Vielen Dank fürs Lesen